ROBINSO

DANIEL DEFOE

ROBINSON CRUSOÉ

Tradução e adaptação
Marcia Kupstas

Ilustrações
Pedro Cobiaco

1ª edição
FTD

Copyright © Marcia Kupstas, 2018
Todos os direitos reservados à
EDITORA FTD S.A.
Matriz: Rua Rui Barbosa, 156 — Bela Vista — São Paulo — SP
CEP 01326-010 — Tel. (0-XX-11) 3598-6000
Caixa Postal 65149 — CEP da Caixa Postal 01390-970
Internet: www.ftd.com.br
E-mail: projetos@ftd.com.br

Diretor de conteúdo e negócios	Ricardo Tavares de Oliveira
Gerente editorial	Isabel Lopes Coelho
Editor	Estevão Azevedo
Editora assistente	Flavia Lago
Coordenadora de produção editorial	Letícia Mendes de Souza
Preparadora	Ibraima Dafonte Tavares
Revisoras	Jane Pessoa e Thaíse Costa Macêdo
Editor de arte	Daniel Justi
Projeto gráfico	Aeroestúdio
Diagramadora	Jussara Fino
Supervisora de iconografia	Elaine Bueno
Pesquisadora iconográfica	Rosa André
Diretor de operações e produção gráfica	Reginaldo Soares Damasceno

Daniel Defoe (1660-1731) foi jornalista, historiador e poeta. Teve vida aventurosa e tumultuada, chegando a ser preso por causa de suas atividades políticas. Era adorado pelo povo pelo seu jeito panfletário de discutir os assuntos de seu tempo, e enfrentou por isso muitas perseguições por parte dos poderosos. Seu trabalho realmente literário inicia-se em 1719, com *Robinson Crusoé*. O romance baseia-se nas experiências do marinheiro escocês Alexander Selkirk, náufrago por quatro anos numa ilha ao largo da costa do Chile. Defoe acrescentou muito de fantasia e peripécias a um simples relato jornalístico, o que imediatamente atraiu o público, tornando *Robinson Crusoé* um dos livros mais populares de todos os tempos.

Marcia Kupstas é paulistana. Formou-se em Letras pela Faculdade de Filosofia, Letras e Ciências Humanas da Universidade de São Paulo. Sempre colaborou em suplementos literários e revistas destinadas ao público adulto e jovem. Atualmente, dedica-se à tradução e à adaptação de livros infantis e juvenis.

Dados Internacionais de Catalogação na Publicação (CIP)
(Câmara Brasileira do Livro, SP, Brasil)

Defoe, Daniel, 1660-1731.
 Robinson Crusoé / Daniel Defoe ; ilustrações Pedro Cobiaco ;
tradução e adaptação Marcia Kupstas. – 1. ed. – São Paulo : FTD, 2019.

 Título original: Robinson Crusoe.
 ISBN 978-85-96-02194-4
 ISBN 978-0-375-75732-7 (ed. original)

 1. Literatura infantojuvenil I. Cobiaco, Pedro. II. Título.

19-23974 CDD-028.5

Índices para catálogo sistemático:
1. Literatura infantojuvenil 028.5
2. Literatura juvenil 028.5

Iolanda Rodrigues Biode - Bibliotecária - CRB-8/10014

A - 929.913/25

SUMÁRIO

A chave para descobrir os clássicos 8

Almanaque 13

Convite à leitura 26
       por Sandra Guardini Teixeira Vasconcelos

CAPÍTULO 1   **Primeiras viagens** 33

CAPÍTULO 2   **O escravo** 36

CAPÍTULO 3   **A fuga** 38

CAPÍTULO 4   **No Brasil** 41

CAPÍTULO 5   **Um navio negreiro** 44

CAPÍTULO 6   **O naufrágio** 48

CAPÍTULO 7   **Ilha ou continente?** 51

CAPÍTULO 8   **Outras visitas ao navio** 52

CAPÍTULO 9   **Uma nova casa** 54

CAPÍTULO 10   **Trabalhos e pensamentos** 56

CAPÍTULO 11   **O diário** 59

CAPÍTULO 12   **A doença** 62

CAPÍTULO 13   **Reconhecendo a ilha** 64

CAPÍTULO 14	**A canoa** 66
CAPÍTULO 15	**Uma pegada na areia** 68
CAPÍTULO 16	**Uma visão macabra** 72
CAPÍTULO 17	**Outro naufrágio** 74
CAPÍTULO 18	**Surge Sexta-Feira** 76
CAPÍTULO 19	**Primeiras providências** 78
CAPÍTULO 20	**O aprendizado de Sexta-Feira** 80
CAPÍTULO 21	**A ideia da viagem** 82
CAPÍTULO 22	**Novamente os canibais** 86
CAPÍTULO 23	**Novos hóspedes** 89
CAPÍTULO 24	**Os piratas** 90
CAPÍTULO 25	**A conquista do navio** 93
CAPÍTULO 26	**Ordens do governador** 95
CAPÍTULO 27	**Um estrangeiro na Europa** 97
CAPÍTULO 28	**Surpresas de Sexta-Feira** 99
CAPÍTULO 29	**O casamento** 101

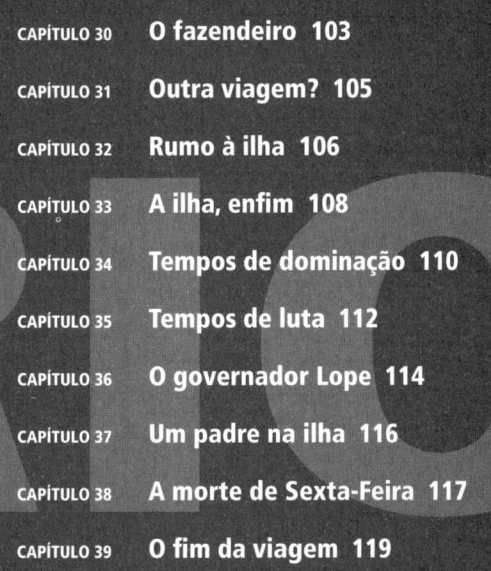

CAPÍTULO 30	**O fazendeiro** 103
CAPÍTULO 31	**Outra viagem?** 105
CAPÍTULO 32	**Rumo à ilha** 106
CAPÍTULO 33	**A ilha, enfim** 108
CAPÍTULO 34	**Tempos de dominação** 110
CAPÍTULO 35	**Tempos de luta** 112
CAPÍTULO 36	**O governador Lope** 114
CAPÍTULO 37	**Um padre na ilha** 116
CAPÍTULO 38	**A morte de Sexta-Feira** 117
CAPÍTULO 39	**O fim da viagem** 119

Um retrato solitário, 122
por Marcia Kupstas

Quem é Marcia Kupstas 124
Quem é Pedro Cobiaco 125
Créditos das imagens 126

Esta coleção convida você a participar de grandes aventuras: mergulhar nas profundezas da Terra, erguer sua lança contra feiticeiros e gigantes, conhecer os personagens mais fantásticos e mais corajosos de todos os tempos.

Algumas dessas aventuras farão sucesso e vão lhe possibilitar novas maneiras de enxergar a vida e o mundo. Farão você rir, chorar — às vezes as duas coisas ao mesmo tempo. Revelarão segredos sobre você mesmo. E o levarão a enxergar mistérios do espírito humano.

Outras ficarão na sua memória por anos e anos. No entanto, você poderá reencontrá-las, não somente nas prateleiras, mas dentro de si mesmo. Como um tesouro que ninguém nem nada jamais tirará de você.

Você ainda poderá presentear seus filhos e netos com essas histórias e personagens. Com a certeza de estar dando a eles algo valioso — que lhes permitirá descobrir um reino de encantamentos.

É isto que os clássicos fazem: encantam a vida de seus leitores. No entanto, sua linguagem, para os dias de hoje, muitas vezes pode parecer inacessível. Afinal, não são leituras

… **E PARA**
DESCOBRIR OS CLÁSSICOS

corriqueiras, comuns, dessas que encontramos às dúzias por aí e esquecemos mal as terminamos. Os clássicos são desafiantes. Por isso, esta coleção traz essas obras em textos com tamanho e vocabulário adaptados à atualidade, sem perder o poder tão especial que elas têm de nos transportar, de nos arrebatar para dentro da história. A ponto de poderem muito bem despertar em você a vontade de um dia ler as obras originais.

Tomemos como exemplo a obra *Robinson Crusoé*: o navio do sujeito naufraga. Com muito esforço, ele nada até uma ilha que fica fora das rotas de tráfego marítimo e se salva. É o único sobrevivente. Ao chegar à praia, estira-se na areia, desesperado, convencido de que jamais retornará à civilização e disposto a se deixar morrer ali.

Muita gente poderia dizer que essa história não apresenta elementos dramáticos para os dias de hoje, pois dispomos de diversos recursos para evitar que esse tipo de situação aconteça. Com mapas, rastreamento dos navios por satélites, equipes de busca munidas de super-helicópteros e computadores ultramodernos, ele logo seria resgatado. E... a história acabaria.

No entanto, somos cativados pela luta desse homem, que foi privado de tudo o que conhecia e isolado do mundo durante quase trinta anos. A gente se envolve com o personagem; somos tocados pela sua força de caráter e pela sua persistência em reconstruir, pouco a pouco, a vida, criando, a partir do nada, um novo mundo.

O espírito dessa obra não tem a ver com época ou recursos tecnológicos, mas com o dom de exibir o extraordinário. Não apenas o da fantasia, mas o do ser humano. Portanto, o extraordinário *de cada um de nós*.

Os clássicos falam de amor, ciúme, raiva, busca pela felicidade como outras obras não falam. Vão mais fundo, ao mesmo tempo que são sutilmente reveladores.

Não é à toa que atravessaram séculos (alguns, até milênios) e foram traduzidos para tantos idiomas, viraram filmes, desenhos animados, musicais, peças de teatro, histórias em quadrinhos. Existe algo neles que jamais envelhece, conserva-se intensamente humano. E mágico.

Afinal, quem é capaz de ler *Dom Quixote* e não se divertir e se comover com o Cavaleiro da Triste Figura?

Quem não torce para Phileas Fogg chegar a Londres, no dia e na hora marcados, e ganhar a aposta, depois de viajar com ele, superando obstáculos e perigos, nos 80 dias da volta ao mundo?

Quem lê *Os três mosqueteiros* sem desejar, uma vez que seja, erguer uma espada junto com seus companheiros, gritando:

UM POR TODOS E TODOS POR UM!?

Os clássicos são às vezes mais vívidos do que a vida e seus personagens, mais humanos do que o ser humano, porque neles as paixões estão realçadas, e suas virtudes e defeitos são expostos com genialidade criadora, literária, em cenas que jamais serão esquecidas e em falas que já nasceram imortais.

Os clássicos investigam os enigmas do mundo e do coração, da mente, do espírito da gente. Eles falam de nossas dúvidas, de nossas indagações. Geralmente, não oferecem respostas, mas vivências que nos transformam e nos tornam maiores... por dentro.

São capazes de nos colocar no interior do submarino *Nautilus*, vendo com olhos maravilhados prodígios imaginados por Júlio Verne em *Vinte mil léguas submarinas*.

Ou nos levam à França do século XIX. Num piscar de olhos, estamos prontos para iniciar um duelo de espadas, noutro instante, intrigados, fascinados com a obsessão de Javert, um dos mais impressionantes personagens criados pela literatura. Assim como, em certos trechos, já nos vemos em fuga desesperada sofrendo com toda a injustiça que se abate sobre o herói de *Os miseráveis*.

As traduções e adaptações desta coleção buscam proporcionar a você um acesso mais descomplicado aos clássicos, como se fosse uma chave para descobri-los, para tomar posse de um patrimônio. O melhor que a humanidade produziu em literatura.

Luiz Antonio Aguiar
Mestre em Literatura Brasileira pela PUC-RJ.
É escritor, tradutor, redator e professor em cursos
de qualificação em Literatura para professores.

ROBINSO

DANII

DEFO

ALMANAQUE

DO COMÉRCIO À LITERATURA

Daniel Defoe (1660-1731).

Daniel Defoe nasceu em 13 de setembro de 1660, em Londres (Inglaterra), filho do protestante presbiteriano e comerciante James Foe. Ele manteve o sobrenome que recebeu do pai até 1695, quando adotou o pseudônimo que viria a consagrá-lo como escritor. Formado pela Academia para dissidentes (em relação ao pensamento da Igreja da Inglaterra), dirigida pelo reverendo Charles Morton (1627-1698), em Newington Green, trabalhou no comércio durante duas décadas, percorrendo os territórios da Grã-Bretanha e da Europa continental. Simultaneamente, tornou-se um dos mais célebres escritores de seu tempo, publicando centenas de panfletos sobre os mais diversos temas, muitos dos quais assinados com pseudônimos, e que lhe valeram períodos na prisão. Defoe envolveu-se nas grandes causas políticas de seu tempo, alinhando-se primeiro com os conservadores e depois com os liberais; para ambos os grupos, trabalhou como panfleteiro e como informante (similar a um agente secreto). Foi também pioneiro da imprensa britânica graças ao periódico *Review*, que manteve, praticamente sozinho, de 1704 a 1713. Sua carreira literária começou tardiamente, aos 59 anos, com a publicação de *Robinson Crusoé* (1719), livro inspirado na trajetória do marinheiro escocês Alexander Selkirk (1676-1721) e que transformou Defoe em um dos fundadores da narrativa em forma de **romance**. Três anos depois, publicou *A vida amorosa de Moll Flanders*, *Um diário do ano da peste* e *Coronel Jack*. O último romance, *Roxana*, saiu em 1724. Defoe morreu em 24 de abril de 1731, em Londres, aos 70 anos de idade, como uma figura enigmática que, no fim da vida, precisava se esconder dos credores.

Academia para dissidentes de Newington Green, onde Defoe se formou.

"nenhum homem provou mais fortunas diferentes, e treze vezes fui rico e pobre."
defoe, sobre a sua experiência como mercador

TEMPOS AGITADOS NO REINO

Véspera da coroação de Carlos II (1630-1685), em 1661.

O nascimento de Defoe, em 1660, coincidiu com a restauração da **monarquia** na Inglaterra, onze anos depois que a proclamação da República havia posto fim à guerra civil entre os soldados do rei Carlos I (1600-1649), executado ao final do conflito, e as forças parlamentares lideradas pelo puritano independente Oliver Cromwell (1599-1658). Uma nova crise, iniciada com a morte de Cromwell, levou o rei Carlos II (1630-1685) a recuperar o trono perdido pelo pai e a procurar fortalecer o poder real, mas houve forte resistência.

Seu sucessor, Jaime II (1633-1701), assumiu o trono em 1685 e foi deposto em 1688 pela Revolução Gloriosa, comandada por sua filha Maria II (1662-1694) e por seu sobrinho (e genro) Guilherme III (1650-1702). Foi então estabelecida a monarquia constitucional, sob o reinado de Guilherme III. Ana (1665-1714), também filha de Jaime II, assumiu o trono em 1702. Em 1707, o Ato de União reuniu a Inglaterra, a Escócia e o País de Gales. Ana

Rei Carlos I, executado no Palácio de Whitehall em 31 de janeiro de 1649.

continuou no poder e inaugurou a Dinastia Stuart como a primeira rainha da Grã-Bretanha. Seu sucessor foi Jorge I (1660-1727), que inaugurou a dinastia Hanôver. Os últimos anos de vida de Defoe se passaram durante o reinado de Jorge II (1683-1760).

Oliver Cromwell, líder do parlamento inglês em 1649.

Entre *tories* e *whigs*

A atuação política de Defoe como panfletista e informante foi pendular. Ora esteve ao lado dos *tories*, ora trabalhou para os *whigs*.

◆ **Tory** (1678-1834) – Antigo partido de tendência conservadora da Inglaterra, fundado pela aristocracia britânica em torno de Carlos I. Sua entrada na cena política foi orientada pelo apoio a Jaime II, convertido ao catolicismo. O nome do partido deriva da palavra irlandesa que significa "pertencente a um bando".

◆ **Whig** (1678-1859) – Partido liberal, que fazia oposição ao Tory. Nascido entre os protestantes, defendia o regime parlamentar e a exclusão de Jaime II da linha de sucessão. Seu nome tem origem escocesa e significa "leite amargo". Os trabalhistas (do partido Labour) o substituíram na cena política britânica.

"fui um daqueles comerciantes que fizeram coisas que seus próprios princípios condenavam, e que não têm vergonha de corar."

Defoe, sobre a sua experiência como mercador

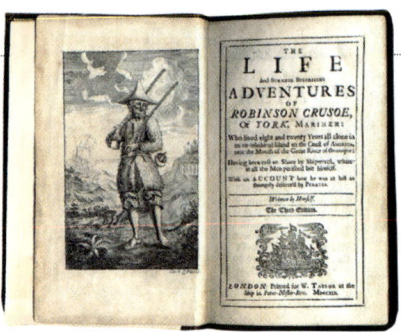

Robinson Crusoé, imagem da edição de 1899.

→ AS "ROBINSONADAS"

Sucesso imediato na Grã-Bretanha logo após a publicação, em 1719, *Robinson Crusoé* teve sucessivas reedições e foi rapidamente traduzido em diversos países europeus.
A popularidade do personagem estimulou inúmeras imitações, chamadas em inglês de *Robinsonades*. Uma das mais conhecidas não disfarça no título a sua origem: o romance *A família Robinson suíça* (1812), do suíço Johann Wyss (1743-1818), sobre uma família que naufraga nas Índias Orientais durante uma viagem à Austrália. O personagem de Defoe também foi citado em clássicos da filosofia e da sociologia, como *Emílio, ou da educação* (1762), de Jean-Jacques Rousseau (1712-1778), e *O capital* (1867), de Karl Marx (1818-1883).

Jean-Jacques Rousseau, filósofo suíço, inspirou-se em *Robinson Crusoé* para escrever *Emílio, ou da educação*.

→ PRECURSOR DO ROMANCE

A narrativa episódica e os "erros de continuidade" da primeira edição, dando a impressão de que Defoe escreveu o livro sem ter clareza de sua estrutura, levaram alguns críticos a questionar se *Robinson Crusoé*, tal como publicado em 1719, teria as características literárias de um **romance**. De fato, os componentes são heterogêneos, combinando aspectos dos livros de memórias, das fábulas e das alegorias. Justamente por esse motivo, costuma-se considerar que a categoria mais adequada para ele é a do romance. Assim, o livro seria um precursor do gênero, ao lado de romances como *A vida e as opiniões do cavalheiro Tristram Shandy* (publicado em nove volumes, entre 1759 e 1769), de Laurence Sterne (1713-1768).

Busto do autor irlandês Laurence Sterne.

James Joyce, autor de *Ulisses*, um clássico da literatura moderna.

→ **ESPÍRITO ANGLO-SAXÃO**

O escritor irlandês James Joyce (1882-1941), autor do romance *Ulisses* (1922), clássico da literatura moderna, afirmou em uma conferência, em 1912, que "o espírito anglo-saxão está por inteiro em *Robinson Crusoé*: a independência varonil, a crueldade inconsciente, a persistência, a inteligência lenta mas eficiente, a apatia sexual, a religiosidade equilibrada e prática, a reserva calculada".

NO CINEMA, CRUSOÉ FOI A MARTE

O cinema ainda engatinhava, com menos de dez anos de vida, quando foi lançada, em 1903, a primeira adaptação de *Robinson Crusoé*, em forma de curta-metragem. Seu diretor transformou-se em lenda: o francês Georges Méliès (1861-1938), mágico que se converteu em pai da fantasia no cinema, conhecido sobretudo por outra adaptação literária realizada no ano anterior, a de *Viagem à Lua*, de Júlio Verne. André Deed (1879-1940), que interpreta Crusoé, viria a se tornar o primeiro grande ator francês de comédias.

Desde então, dezenas de adaptações do romance de Defoe foram realizadas para o cinema e para a TV. Entre as que se mantêm próximas da trama e dos personagens, uma das mais célebres é *Aventuras de Robinson Crusoé* (1954), coprodução entre o México e os Estados Unidos dirigida por outro cineasta importante na história do cinema, o espanhol Luis Buñuel (1900-1983). O ator irlandês Dan O'Herlihy (1919-2005) foi indicado ao Oscar por sua atuação como Crusoé; o papel de Sexta-Feira coube ao mexicano Jaime Fernández (1927-2005).

O inglês Peter O'Toole (1932-2013), consagrado pelo papel-título

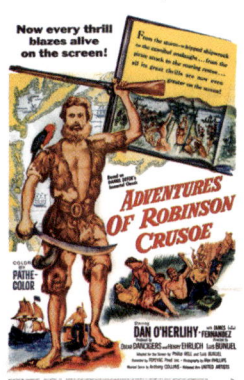

Cartaz do filme *Aventuras de Robinson Crusoé*, dirigido por Luis Buñuel em 1954.

em *Lawrence da Arábia* (1962), interpretou Crusoé em *Sexta-Feira* (1975), dirigido por Jack Gold (1930-2015) e baseado em peça teatral de Adrian Mitchell (1932-2008), ambos também ingleses. Nessa versão, as relações de poder entre Crusoé e Sexta-Feira — papel do americano Richard Roundtree (1942), dos filmes e da série como o policial John Shaft — estão em primeiro plano. À medida que Crusoé procura impor sua cultura ao nativo, Sexta-Feira percebe que jamais deixará de ser visto pelo náufrago como um ser inferior, e planeja um modo de reverter a situação.

As mais recentes versões incluem produções para o cinema com o americano Aidan Quinn (*Crusoé*, 1988, direção de Caleb Deschanel) e com o irlandês Pierce Brosnan, que interpretou James Bond (*Robinson Crusoé*, 1997, direção de Rod Hardy e George Miller), e também para a TV, como o telefilme estrelado pelo francês Pierre Richard (*Robinson Crusoé*, 2003, direção de Thierry Chabert) e a série protagonizada pelo americano Philip Winchester (*Crusoé*, 2008-2009). A animação franco-belga *As aventuras de Robinson Crusoé* (2016) ambienta a história em uma ilha paradisíaca, repleta de animais tropicais. Um deles é o narrador: um papagaio!

Muitas adaptações do romance alteraram personagens e coordenadas da trama. Os estúdios Disney, por exemplo, realizaram uma versão animada, *Mickey's Man Friday* (1935), na qual o náufrago Mickey chega a uma ilha de canibais, onde faz amizade com um nativo, também chamado Sexta-Feira. Uma das mais curiosas adaptações livres, *Robinson Crusoé em Marte* (1964), transporta a ação para o universo da ficção científica. Nesse filme americano, dirigido por Byron Haskin (1899-1984), um astronauta (interpretado por Paul Mantee) comanda uma espaçonave que se acidenta na órbita de Marte. Ele passa a viver no "planeta vermelho" em companhia de um macaco, e descobre que alienígenas também chegaram ali. Um deles (Victor Lundin) se tornará Sexta-Feira.

Versões do livro de Defoe foram realizadas também em países como a extinta União Soviética, a Finlândia e a antiga Tchecoslováquia. O Brasil contribuiu para o catálogo de adaptações livres com a comédia *As aventuras de Robinson Crusoé*

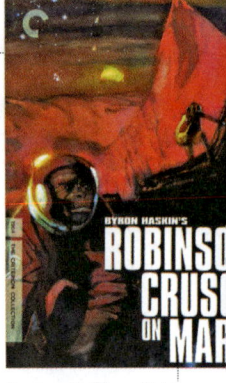

Cartaz do filme *Robinson Crusoé em Marte* (1964).

(1978), dirigida por Mozael Silveira. Costinha (pseudônimo de Lírio Mário da Costa, 1923-1995) e Grande Otelo (pseudônimo de Sebastião Bernardes de Souza Prata, 1915-1993) fazem os papéis de Crusoé e Sexta-Feira. Isolados em uma ilha, eles enfrentam um ataque de piratas comandados por ninguém menos que... o Capitão Gancho, personagem criado pelo escocês J. M. Barrie (1860-1937) na saga de Peter Pan.

A FAMÍLIA ROBINSON

O popular seriado *Perdidos no espaço* (1965-1968), criado pelo americano Irwin Allen (1916-1991), prestou uma homenagem ao personagem de Crusoé ao batizar de Robinson a família de exploradores espaciais que é obrigada a sobreviver em "ilhas desertas" do espaço — planetas desabitados muito distantes da Terra. A homenagem foi mantida na versão cinematográfica de 1998 e também na reedição do seriado, em 2018.

DIFÍCIL DE DECORAR

Em sua primeira edição, publicada em 1719 em Londres, o romance mais célebre de Defoe trazia na capa um título imenso: *A vida e as estranhas e surpreendentes aventuras de Robinson Crusoé, marinheiro de York, que viveu 28 anos sozinho em uma ilha inabitada na costa da América, perto da foz do grande rio Orinoco; tendo sido lançado em terra por um naufrágio, em que todos os homens morreram, menos ele. Com um relato de como, por fim, ele foi estranhamente salvo por piratas. Escrito por ele mesmo.*

No mesmo ano, Defoe publicou uma continuação, *As aventuras mais distantes de Robinson Crusoé*, em que o personagem, depois da morte da mulher, retorna à ilha onde viveu solitário, além de viajar por Brasil, Madagascar, Sudeste Asiático, China e Sibéria. Em 1720, Crusoé reapareceu em um terceiro livro do autor, dessa vez de não ficção: *Reflexões sérias durante a vida e as surpreendentes aventuras de Robinson Crusoé: com sua visão do mundo angélico*. Algumas edições contemporâneas reúnem episódios dos dois primeiros livros em um único volume.

CRUSOÉ, VERSÃO 2000

Muitos de nós já ouvimos a pergunta "o que você levaria para uma ilha deserta?" e suas diversas variações. A ideia — para muitos, assustadora — de confinamento solitário vem do livro de Defoe e está no coração de um filme americano que, embora não seja uma adaptação oficial de *Robinson Crusoé*, imagina como poderia ocorrer hoje a experiência vivida por esse personagem do século XVII: *Náufrago* (2000), dirigido por Robert Zemeckis, com roteiro de William Broyles Jr. Tom Hanks recebeu uma indicação ao Oscar de melhor ator pelo papel de Chuck Noland, que trabalha em uma empresa de entregas. Ele sobrevive a um acidente de avião e vai parar em uma ilha deserta, onde vive durante anos até ser resgatado e reencontrar a família, que o julgava morto. "Eu não poderia nem mesmo me matar do jeito que eu queria", diz o personagem. "Eu não tinha poder sobre nada." Na ausência de nativos, Noland transforma uma bola, batizada por ele de Wilson, em seu companheiro, um mudo "substituto" de Sexta-Feira.

Cena do filme *Náufrago* (2000), protagonizado por Tom Hanks.

SOZINHO POR ESCOLHA

Representação do marinheiro escocês Alexander Selkirk, principal inspiração para Defoe na criação de Robinson Crusoé.

O marinheiro escocês Alexander Selkirk (1676-1721), que teria sido a principal inspiração para Defoe na criação de Robinson Crusoé, passou a viver em uma ilha desabitada, em 1704, por escolha própria, depois de brigar com o capitão de seu navio. Ele permaneceu ali, sozinho, até 1709. O romance, no entanto, expande essa aventura solitária e empresta a ela características espirituais, oferecendo reflexões sobre a natureza social do ser humano.

CRONOLOGIA

1660
Filho do protestante presbiteriano e mercador de velas James Foe, que posteriormente teria trabalhado também como açougueiro, Daniel Foe nasce no dia 13 de setembro, em St. Giles Cripplegate, uma das poucas igrejas medievais de Londres, Inglaterra, que começou a ser erguida em 1090.

DÉCADA DE 1670
Estuda na Academia para dissidentes (em relação ao pensamento da Igreja da Inglaterra) dirigida pelo reverendo Charles Morton (1627-1698), em Newington Green. A clareza e a simplicidade dos escritos de Morton viriam a se tornar uma das principais influências para o estilo literário de Daniel, ao lado da Bíblia e da obra do pastor John Bunyan (1628-1688).

1683
Estabelece-se como mercador, percorrendo a Inglaterra e o continente europeu e negociando os mais diversos produtos, em atividade que dizia amar. É publicado o primeiro de seus panfletos políticos.

1684
Casa-se com Mary Tuffley, filha de um mercador dissidente, pouco mencionada em seus escritos. Eles foram casados por 47 anos, até a morte de Daniel, e tiveram oito filhos, dos quais seis chegaram à idade adulta.

1685
Com a ascensão ao trono do católico Jaime II, rei da Inglaterra e da Irlanda, junta-se como soldado à fracassada rebelião comandada pelo duque de Monmouth, abandonando-a após a fragorosa derrota na Batalha de Sedgemoor.

1688
Publica um panfleto político contra Jaime II, deposto em dezembro daquele ano por sua filha Maria II e por seu sobrinho Guilherme III, da casa holandesa de Orange, durante a Revolução Gloriosa. Guilherme III assume o trono. Daniel, que o chamava de "o glorioso, o grande, e bom, e gentil", torna-se o principal autor de panfletos em sua defesa.

1692

Decreta falência como mercador, por causa de uma dívida de 17 mil libras. A principal razão para a falência foi seu papel como segurador de navios durante a guerra contra a França. Dez anos depois, já havia conseguido saldar 12 mil libras.

1695

Passa a identificar-se como Daniel Defoe, provavelmente uma variação do que deveria ter sido o nome original da família, de origem flamenga.

1701

Publica o poema satírico *The True-Born Englishman*, em defesa de Guilherme III e contra os que o acusavam de ser um rei "estrangeiro". Defoe era tão orgulhoso dessa obra, muito popular em seu ataque ao preconceito racial, que mais tarde viria a se identificar como "o autor de *The True-Born Englishman*". Para defender cinco cavaleiros de Kent que haviam sido ilegalmente presos pelo Parlamento ao encaminhar uma petição solicitando preparativos para a guerra que se anunciava na Europa, Defoe apresenta o documento *Legion's Memorial*, em que adverte os parlamentares de que "os ingleses não são mais escravos do parlamento do que de um rei". Os presos são libertados e Defoe é saudado pela população de Londres, mas os parlamentares conservadores passam a vê-lo como um adversário perigoso.

1703

É preso em virtude da publicação anônima, no ano anterior, de *The Shortest Way with the Dissenters*, uma sátira ao extremismo da Igreja Alta, referência a setores da Igreja Anglicana cujos rituais eram resistentes à modernização. Um de seus mais proeminentes extremistas, o pastor Henry Sacheverell (1674-1724), vinha atacando os dissidentes. Depois de encarcerado na prisão de Newgate, Defoe é submetido três vezes ao Pelourinho. Ali, escreve o ousado *Hino ao Pelourinho*, que dá um caráter triunfal à sua prisão. É libertado, depois de vários adiamentos, graças à intervenção do parlamentar *tory* (conservador) Robert Harley (1661-1724), um dissidente que se converteu em anglicano. Em troca, Harley passa a contar com os seus serviços como panfleteiro e informante.

1704
Começa a publicar o periódico semanal *Review*, que manterá, praticamente sozinho, até 1713. Ele passa a ter três edições semanais em 1705, e não deixa de ser publicado nem mesmo em 1713, quando Daniel volta a ser preso. Sua orientação política é conservadora, com algumas posições independentes. Além de discutir política, o *Review* trata também de religião, comércio, comportamento e assuntos gerais, e viria a exercer influência sobre outros periódicos e sobre a imprensa diária britânica.

1707
Na época do Ato de União, tratado que promove a integração entre Inglaterra, Escócia e País de Gales sob o nome de Grã-Bretanha, faz diversas visitas à Escócia e mantém Robert Harley informado sobre a opinião pública.

1715
Publica *An Appeal to Honour and Justice*, obra na qual apresenta a sua versão dos períodos em que foi preso. Lança também a mais popular de suas obras didáticas, *The Family Instructor*.

1719
Publica *Robinson Crusoé*, inspirado principalmente em diversos fatos e relatos da vida do marinheiro escocês Alexander Selkirk (1676-1721).

1722
Em um ano especialmente produtivo como escritor, publica *A vida amorosa de Moll Flanders*, *Um diário do ano da peste* e *Coronel Jack*.

1724
Publica *Roxana*, seu último romance. É publicado também o primeiro dos três volumes de *Tour Through the Whole Island of Great Britain*, com extenso material coletado e redigido durante suas viagens a serviço de Robert Harley.

1731
Morre em 24 de abril, em Londres, aos 70 anos de idade.

Movido pelo fascínio do desconhecido e pelo desejo de fortuna, um jovem rapaz decide um dia deixar a casa paterna e se aventurar pelo mundo. Esse, que foi o móvel de tantas histórias desde tempos imemoriais, é, em síntese, o ponto de partida de *Robinson Crusoé*, o romance que Daniel Defoe publicou na Inglaterra em 1719. Desde os gregos, seja nos mitos ou nas epopeias, o espírito de aventura sempre constituiu um componente importante da ficção, pois levava a deslocamentos geográficos, proporcionando a experiência de novos lugares, e significava a possibilidade de viver peripécias e expor-se aos imprevistos. Ao longo do tempo, os romances que fizeram das aventuras de seus protagonistas o fio condutor do enredo formaram uma verdadeira tradição, que inclui autores famosos como Alexandre Dumas (*Os três mosqueteiros*), Júlio Verne (*A volta ao mundo em oitenta dias*), Rudyard Kipling (*Mogli, o menino lobo*), J. M. Barrie (*Peter e Wendy*), H. Rider Haggard (*As minas do rei Salomão*), ou Robert Louis Stevenson (*A ilha do tesouro*), entre outros. Um dos estudiosos desse gênero de romance, Jean-Yves Tadié, define a aventura como a invasão da vida cotidiana pelo acaso ou pelo destino, e sustenta que uma boa história de aventuras deve incorporar ainda paixões humanas e temas básicos, como a liberdade, a coragem, o medo e a morte.

É a essa família de romances que podemos filiar *Robinson Crusoé*, uma narrativa que, valendo-se dos relatos de viagem, tão populares à sua época, combina o ímpeto de explorar o desconhecido, o exotismo,

CONVITE À LEITURA

a força do cotidiano e uma boa dose de realismo com as preocupações de natureza espiritual de uma personagem que, diferentemente dos heróis gregos (como Ulisses, por exemplo), já não conta com a ajuda dos deuses, e é o único responsável por suas escolhas e destino. A insatisfação com seu lugar no mundo, que sua condição social lhe impõe, em um país cuja estratificação rígida concedia status e privilégios apenas aos aristocratas e à pequena nobreza proprietária de terras, leva o jovem Robinson a desobedecer ao conselho paterno e partir em busca de riqueza e ascensão social. Fiel à sua vocação para a "vida errante" e atraído pelo mar, o rapaz se torna marinheiro e sofrerá vários infortúnios — tempestades, naufrágios, escravidão — até acabar dono de um engenho na Bahia e se envolver com o comércio de escravos. Vítima de um furacão, em uma viagem de navio para a África, Robinson naufraga novamente, dessa vez próximo a uma ilha deserta e virgem no Caribe, na qual será obrigado a viver por 28 anos, quase em completa solidão.

Para sobreviver, ele terá de reconstruir sua vida a partir dos destroços do navio naufragado e dos parcos recursos que a ilha lhe oferece — isto é, praticamente a partir do nada. Essa situação de risco e de desamparo absoluto exigirá da personagem resiliência, criatividade, controle e astúcia, na tarefa difícil de sobreviver e superar os perigos e desafios a que é submetido. Crusoé recorre, assim, à razão e ao cálculo para dominar a natureza e criar uma estrutura mínima de subsistência, pondo em ação todas as suas habilidades, ponderando sobre cada passo e providência, e produzindo as condições básicas de existência (a construção de um abrigo, o preparo de alimentos, a confecção de vestuário, o plantio, a colheita etc.). Com o pragmatismo e o utilitarismo que pautam seus atos, Robinson conforma sua vida na ilha tendo como modelo a Inglaterra, e ali funda uma espécie de reino, do qual ele é rei e senhor. Tal como os senhores ingleses de sua ilha natal, que haviam cercado suas propriedades, Robinson se apossa da terra e reproduz relações de soberania na diminuta comunidade formada por Sexta-Feira e pelos marinheiros espanhóis que ali aportam um dia. Assim como Xury, o garoto escravo com quem fugira da África e a quem tratara como mercadoria, o nativo que ele encontra na ilha e a quem apelidará de Sexta-Feira não se torna de fato seu amigo, mas, ao contrário, é recrutado a seu serviço. A ele, a quem solicita que o chame de Amo, Robinson concederá o nome, a língua e a religião. Entre eles, portanto, a relação que se estabelece é aquela de senhor e servo (ou escravo), por meio de um processo de domesticação e dominação. A educação do nativo e a "dádiva" da língua do colonizador são, como sabemos, instrumentos do empreendimento colonial no Novo Mundo. Desse modo, no encontro entre Robinson e Sexta-Feira, se representa e se inscreve a cena colonial por excelência, base da construção de impérios.

É tanto no enfrentamento de grandes provações como na separação física e emocional em relação a outros seres humanos que Crusoé se constitui como indivíduo. O "comércio" — na sua acepção de negócio, troca, mas também de relações pessoais — é o que define a natureza dos "vínculos" que Robinson forma com seus semelhantes, encarnando, assim, o ideal do individualismo econômico e a figura do empreendedor capitalista.

Com a liberdade econômica, social e intelectual que a solidão na ilha lhe permite, o náufrago, longe de se deixar abater pelas consequências psicológicas de tamanho isolamento, usa sua condição a seu favor, literalmente reconstruindo uma história de vida que narra seu progresso material e seu percurso espiritual, em uma combinação sem conflitos entre motivações seculares e espirituais, as quais nunca põem em risco seu projeto de ascensão social. A sua vida se caracteriza como uma existência fundamentalmente solitária, que exclui os afetos e os laços de amizade e de família. Até o casamento e os filhos se resumem a algumas poucas menções em seu relato, como se fossem acidentes de percurso e não acontecimentos significativos do ponto de vista da vida privada. Robinson simbolizava, assim, alguns dos valores fundamentais de uma Inglaterra que passava por um importante processo de mudanças e personificava os novos ideais do *éthos* e da cultura de uma nova classe social em ascensão — a burguesia. Como tal, Crusoé seria lido por Ian Watt como um dos "mitos do individualismo moderno".

Robinson Crusoé se organiza como uma mescla entre narrativa, memória e diário, que envolve não apenas a apresentação de uma história de sucesso e independência financeira, como também questionamentos de ordem espiritual que traduzem uma busca de sentido para os acontecimentos de sua vida. Se o relato autobiográfico dá a ver a trajetória de uma personagem em pleno gozo de sua mobilidade física e social, ele também revela suas dúvidas e incertezas a respeito dos desígnios de Deus. Assim, as aventuras e experiências do protagonista são ocasião e oportunidade para o exercício da reflexão moral. Nesses momentos, Robinson se interroga sobre a responsabilidade da Providência pelos êxitos ou pelos infortúnios do empreendimento, na esteira da tradição puritana de interpretar os incidentes como sinais da vontade ou da intervenção divina.

Na sua versão moderna, portanto, o romance de aventuras, além do estímulo à imaginação e à fantasia, introduz um ingrediente novo e relevante, que é seu compromisso com a criação de um mundo e de uma história plausíveis, que estabelecem ligações com a vida real e incorporam detalhes da vida cotidiana e as preocupações do homem comum, plantando suas histórias no chão histórico e abrindo-se para experiências que interessam a todos nós. Daniel Defoe, um dos fundadores do romance inglês no século XVIII, faz da sua narrativa de aventura uma representação da modernidade.

Sandra Guardini Teixeira Vasconcelos
Professora de Língua e Literatura Inglesa do Departamento de Letras Modernas da Universidade de São Paulo

ROBINSO

CRUSOÉ

CAPÍTULO 1

Primeiras viagens

Nasci no ano de 1632, filho de um comerciante pacato e próspero do interior da Inglaterra e de uma mulher cuja família tinha bastante prestígio no condado de York.

Meus pais tiveram cinco filhos, duas mulheres e três homens, sendo eu o mais jovem dos homens. Um irmão foi para a guerra e parece que morreu, nada mais soubemos dele. O segundo também desapareceu na vida. Claro está que era em mim que meus pais depositavam suas esperanças de grandiosidade familiar.

Papai e mamãe ardentemente desejavam que eu estudasse Direito. Contava então dezoito anos quando eles muito insistiram para que me matriculasse numa boa escola. Mas meu espírito era irrequieto! Sonhava obsessivamente com grandes viagens e por mais lágrimas que mamãe chorasse ou conselhos que meu pai me desse, não os ouvia. No fundo da alma, esse anseio por aventuras nunca desaparecia.

Certo dia, um amigo mais ou menos de minha idade perguntou-me se gostaria de acompanhá-lo a Londres. A viagem seria por mar, pois seu pai era o comandante de um navio.

Nem sequer me despedi de meus pais ou pedi conselhos a Deus, e embarquei com o colega. Era o dia 1º de setembro de 1651.

Mal nos afastamos do porto, começou um temporal. Acho que nunca uma manifestação da natureza tanto se assemelhou aos sentimentos de um jovem! Meus remorsos foram terríveis. Imaginei ver a mão de Deus naqueles trovões, por causa da partida sem o consentimento familiar. Fiz promessas solenes! Jurei a Deus que voltaria para casa, arrumaria uma boa esposa, faria o curso de Direito, tudo prometido naquela única noite de desespero...

Porém, no dia seguinte o tempo melhorou e o sol nasceu radiante. Cinco dias de viagem com bonança me fizeram esquecer completamente as boas intenções.

No oitavo dia, porém, houve outro vendaval. Dessa vez, até o comandante exclamou:

— Deus meu, tenha misericórdia!

Então percebi que estava realmente perdido. Fiquei aterrorizado; eram ondas enormes, os marinheiros corriam para lá e para cá, gritando que um navio à nossa frente acabara de naufragar. Tão assustado fiquei que me refugiei na cabine e dali não saí o dia inteiro.

Ao anoitecer, a tempestade continuava. Apesar de todos os esforços do comandante e da tripulação, o porão contava com mais de um metro de água. Só nos restava rezar.

Quando tudo parecia perdido, porém, surgiu uma galera[1] mais leve, que conseguiria entrar num rio, empurrada pelo temporal. Foi o tempo de sermos recolhidos por ela para vermos nosso navio devorado pelas águas.

O povo de Yarmouth[2], cidade próxima de onde desembarcamos, recolheu os náufragos. Dormi pesadamente e no dia seguinte examinei minha situação com bastante cuidado. O mar era perigoso, e o mais sensato seria voltar ao lar, onde seria recebido como um filho pródigo. Mas havia uma estranha obstinação a me empurrar para a aventura. Nossos anfitriões na cidade nos deram algum dinheiro, e assim eu poderia ter voltado; preferi seguir viagem até Londres.

Conversei com o pai do meu amigo e lhe expus

---

[1] Navio de vela, geralmente de três mastros redondos com dois mastaréus em cada um.

[2] Cidade costeira do condado de Norfolk, na Inglaterra, conhecida também como Great Yarmouth.

meus planos de ser marinheiro. Ele me ouviu com atenção e disse:

— Rapaz, você nunca mais deveria voltar a embarcar. Isso que aconteceu é bem um aviso dos Céus de que seu destino não é ser marujo.

— Mas o senhor enfrentou a tempestade e pretende continuar navegando! — protestei.

— Comigo é diferente, porque essa é minha profissão, é meu dever. Mas como você fez essa viagem por experiência, já provou na própria pele que seu destino é outro.

Teimoso como era aos dezoito anos, também não ouvi os conselhos do pai de meu amigo. Separei-me deles e segui para Londres. Nunca mais os vi.

Em Londres, tive a sorte de encontrar um comandante de navio que fizera bons negócios na Guiné e pretendia voltar ao país africano. Ele me propôs sociedade. Entrei em contato com uns parentes e lhes expliquei minha determinação. Mesmo sabendo o desgosto que causava a meus pais, acabaram me emprestando o dinheiro e parti no navio do comandante.

Essa foi a melhor viagem que fiz. Posso mesmo dizer que foi a única em que a fortuna me ajudou, pois, graças aos conselhos do comandante e à sua honestidade comercial, regressei a Londres com mais de dois quilogramas de ouro em pó, que vendi por quase trezentas libras esterlinas.

Íamos realizar outra viagem quando inesperadamente meu amigo comandante faleceu. Deixei duzentas libras da minha recém-adquirida fortuna com a viúva dele, para que aplicasse o dinheiro, e parti no mesmo navio, dessa vez capitaneado pelo imediato[3].

---

[3] Oficial que ocupa o segundo lugar na linha de comando de um navio.

CAPÍTULO 2

O escravo

[4] Salé é uma cidade no noroeste do Marrocos. O nome deriva do antigo nome do rio, que se chamou Sala (rio salgado) até o século XIII. Foi uma importante base de piratas, de onde partiam a maior parte dos ataques contra a costa portuguesa e os arquipélagos das Canárias, Madeira e Açores, além de expedições para o norte da península Ibérica e para as Caraíbas.

Poucas semanas depois de termos deixado o porto de Londres, na altura das ilhas Canárias, encontramos um navio pirata de Salé[4]. Ele avançou sobre nós com as velas empinadas, e a custo fugimos.

Infelizmente os piratas nos alcançaram no começo da noite. Aproveitamos que os navios estavam emparelhados e disparamos os canhões. Eles também tinham artilharia e responderam ao fogo. Manobramos então para fugir e quase conseguimos, mas o navio deles era mais ágil e poucas horas depois nos alcançou. Os piratas aproveitaram o escuro da noite para invadir nosso convés. Vinham com sessenta homens, e nós estávamos em minoria.

Foi um combate corpo a corpo. Nós nos defendemos com valentia, creio mesmo que conseguimos matar vários muçulmanos. Porém, eles conseguiram cortar as cordas de nossas velas, o que impediu qualquer tentativa de fuga. Só nos restavam duas opções: ou morrer lutando ou nos render. Preferimos a segunda opção.

Fomos feitos prisioneiros e levados a Salé, para sermos vendidos como escravos. A maior parte dos marujos seguiu para o interior do país, mas eu fiquei cativo do chefe dos piratas.

Passar de próspero comerciante a escravo foi um duro golpe em meu orgulho e em meu espírito. "Parece que os pressentimentos de meu pai se cumpriram depressa demais!", pensava, com tristeza.

Porém meu amo, apesar de muçulmano, não era cruel com seus servos e tinha especial carinho por mim. Deixava mesmo que dormisse em seu navio, quando estava ancorado, para vigiá-lo. Guardava em meu coração a esperança de que um dia ele me permitisse navegar: aí eu tentaria a fuga.

CAPÍTULO 3

A fuga

Meu amo certo dia resolveu organizar uma pescaria com seus amigos e pediu que se colocasse no barco de pesca uma boa quantidade de comida e bebidas, além de três fuzis com pólvora, porque pretendiam caçar aves durante a viagem. Cumpri suas ordens.

Quando estava tudo pronto para a partida, meu amo veio até o embarcadouro e disse que havia adiado a partida. Deu novas ordens: eu deveria acompanhar Ismail, um parente dele, e com Xury, um garoto escravo, pescaríamos peixes para o jantar.

Vi nessa pescaria a oportunidade da fuga. Consegui embarcar escondido um bom estoque de finas bebidas inglesas da adega de meu amo, além de mais barricas de água e biscoitos.

Nós nos pusemos ao mar. Eu jogava meu anzol sem isca, e meus companheiros estavam sem sorte, por isso os peixes não vinham. Já era parte de meu plano.

— Acho que se levássemos o barco mais além, acharíamos os peixes — eu disse.

Ismail de nada desconfiou, e nos distanciamos cada vez mais da costa. Quando estávamos a uma légua de terra, fingi que me agachava para arrumar alguma coisa, peguei o mouro pelas pernas e o atirei no mar. Rapidamente, corri para dentro da cabine e agarrei um fuzil, fazendo mira na cabeça de Ismail.

— Trate de nadar para a costa — disse. — Se tentar se aproximar do barco, dou-lhe um tiro.

Sabia que Ismail era ótimo nadador e logo estaria na praia. Porém, antes que conseguisse dar o alerta de minha fuga, eu e Xury tínhamos algumas horas de vantagem.

Enquanto via Ismail nadando rapidamente para longe, voltei-me para Xury:

— Xury, quero que você jure, pelas barbas de seu profeta Maomé, que não vai me trair. Se fizer isso, prometo jogá-lo ao mar.

O menino jurou com tamanha lealdade que acreditei nele.

O vento nos ajudou incrivelmente. Navegamos na direção de Gibraltar durante toda a noite, e de madrugada estávamos fora dos domínios do sultão.

Pretendia navegar pela costa até o Senegal, onde muitos navios ingleses costumavam aportar. Apesar do mar calmo, foram dias de medo e ansiedade. Temia aportar em terras desconhecidas e ser aprisionado por outros caçadores de escravos, ou, o que poderia ser pior, topar com animais selvagens que viviam na costa da África.

Quando nossos mantimentos escassearam, tivemos de nos arriscar em terra firme. Ancoramos o barco e começamos, cautelosamente, a procurar alguma nascente de água doce. Não tivemos sorte: logo surgiram selvagens de pele negra como a noite. Tentei com gestos explicar-lhes que éramos amigos e procurávamos alimentos. Parece que entenderam, porque dois deles se afastaram e voltaram com carne e uma pequena quantidade de milho.

Nada tínhamos para propor em troca, mas foi nesse momento que surgiu a oportunidade de recompensá-los: duas onças saíram da mata, perseguindo um nativo. Os demais africanos puseram-se em fuga aos gritos. Agarrei imediatamente o fuzil e fiz mira: Acertei uma das feras, que morreu na hora!

Não sei o que mais assustou aqueles selvagens: se a onça que fugiu ou se o estrondo da arma. Creio que imaginaram que eu fosse algum deus produtor de raios ou coisa assim, pois ergueram as mãos para o céu em sinal de admiração.

Em troca da onça morta, os nativos nos arrumaram água e mais mantimentos. Partimos em meio a muitas demonstrações de carinho.

Com água fresca e mantimentos, navegamos por mais onze dias pela costa, até finalmente avistarmos um navio europeu.

Era um navio português, e eles logo recolheram nosso pequeno barco. Falaram comigo em espanhol, francês e português, mas, como não conhecia nenhum desses idiomas, não os entendia. Enfim, surgiu um marujo escocês que me serviu de intérprete e pude explicar ao capitão e aos marujos o acaso que me trouxera até seu convés.

CAPÍTULO 4

No Brasil

Fiquei tão feliz por me encontrar entre europeus que ofereci ao capitão tudo que tirara da adega do meu ex-amo como pagamento pela sua ajuda. O homem, porém, retrucou:

— Nada mais fiz do que aquilo que você faria em meu lugar. Além disso, minha rota é para o Brasil, bem distante da sua Inglaterra. Chegando lá, poderá vender seus bens e comprar uma passagem para sua terra.

Quanto ao barco de pesca, o capitão se ofereceu para comprá-lo como escaler[5]. Tinha também intenção de comprar Xury como escravo. Confesso que fiquei encabulado com isso, já que salvara o menino da escravidão e não gostaria agora de vê-lo voltar à mesma sina. O capitão entendeu meus motivos e resolvemos deixar o próprio rapaz decidir seu destino. Xury acabou aceitando servir ao capitão por dez anos, ao final dos quais seria liberto.

Foi uma viagem de vinte dias, e fundeamos na baía de Todos os Santos. O capitão se revelou um homem bastante honesto, porque, além de me comprar o barquinho, pagou regiamente pelas bebidas do mouro.

Esse homem era dono de engenho na Bahia e, percebendo que eu tinha bom tino de comerciante, fez-me uma proposta:

[5] Embarcação miúda, de proa fina e popa larga, movida a remo, a vela ou a motor, usada para prestar pequenos serviços de transporte.

— Por que não se estabelece neste país e se torna plantador de cana? Poderia buscar em Londres as libras esterlinas e começaria como proprietário de boas plantações.

Obtive licença para residir no Brasil e iniciei minha fazenda.

Tinha como vizinho um português, filho de pais ingleses. Seu nome era Wels, e logo nos tornamos bons amigos.

Após três meses na Bahia, o comandante meu amigo preparou-se para regressar à Europa. Dirigiu-se a mim com estas palavras de despedida:

— Senhor inglês. — Nunca me chamava de outra maneira. — Se o senhor quiser, pode me passar uma procuração para que seu ouro seja transferido de Londres para Lisboa. Posso reverter parte do capital em mercadorias que têm boa saída aqui no Brasil e guardar o resto em moeda. Assim o senhor não arrisca todo o seu capital.

Era um bom conselho e eu o aceitei. A viagem do comandante correu bem, e ao cabo de alguns meses o carregamento de minhas mercadorias estacionava na baía de Todos os Santos.

Parecia que a sorte de novo me sorria. Já falava o português com correção, tinha bons vizinhos, havia acertado minhas dívidas e comprado terras, que poderiam render mais e mais dinheiro. Era o momento certo de parar e desfrutar uma vida tranquila, como sempre fora o desejo de meus pais.

Mas ah! Se não tivesse me deixado levar por uma ambição estúpida, teria vivido como um rei naquela bela terra tropical! Insensatamente, acabei entrando num negócio de tráfico de escravos[6]...

---

[6] O tráfico de escravos refere-se ao período da história em que houve uma migração forçada de africanos para o Brasil, de meados do século XVI até meados do século XIX.

Contei a meus vizinhos como tinha sido fácil trocar, na Guiné, ouro, presas de elefante e escravos fortes por bugigangas, tais como miçangas, espelhos, tesouras e machados. Meus vizinhos gostaram da ideia e me propuseram um negócio: que eu capitaneasse um navio em sociedade com eles, e na volta dividiríamos o lucro meio a meio.

CAPÍTULO 5

Um navio negreiro

Era uma viagem arriscada. O comércio negreiro era perseguido pelos reis de Espanha e de Portugal. A viagem seria clandestina e muito cautelosa. A venda pública de escravos era proibida, eles teriam de chegar como contrabando, seguindo direto para as plantações. Era um negócio vil e creio que foi por isso que meu castigo acabou vindo por mãos divinas. Que risco absurdo, ainda mais para um homem que começava a enriquecer, como eu! Mas meu destino tinha de se cumprir...

Estava atraído loucamente por aquela aventura. Como condição para aceitar a viagem, exigi que os vizinhos cuidassem de minhas plantações como se fossem deles, e para o caso de algo de mau me acontecer, deixei como testamenteiro o comandante português que me salvara em alto-mar.

Depois de todas as providências tomadas, iniciei nova viagem marítima.

A nossa viagem teve início dia 1º de setembro de 1659, oito anos depois de eu ter partido da casa de meus pais. Uma trágica coincidência, como tantas vezes refleti depois.

O navio contava com catorze tripulantes além de mim. Não levávamos muita carga, apenas as bugigangas para trocar com os negros.

Ao cabo de doze dias de viagem, um furacão nos pegou. O navio foi jogado de norte a noroeste, e nada pudemos fazer contra a força dos mares. Para o cúmulo do azar, um tripulante morreu de febre e uma onda gigante arrastou outro marinheiro para as águas.

Quando o tempo melhorou um pouco, descobrimos que nos encontrávamos bem distantes da África, provavelmente mais próximos à foz do rio Amazonas[7]. Como o navio se encontrava avariado, nossa esperança era alcançar alguma ilha do Caribe.

Antes, porém, de alcançarmos alguma dessas ilhas, outro furacão nos apanhou. Era de tal modo violento que o desfecho provável seria o naufrágio. Um dos marinheiros avistou terra e arriamos um bote, com a esperança de chegarmos ao local. Logo, porém, o bote se encheu de água.

Não tínhamos ideia se a costa era rochosa ou arenosa; nossa única esperança era a Providência divina. Mas, à medida que nos aproximávamos da costa, a tempestade ficava mais forte.

[7] O Amazonas tem sua origem na nascente do rio Apurímac (alto da parte ocidental da cordilheira dos Andes), no sul do Peru, e deságua no oceano Atlântico. Ele entra no território brasileiro como rio Solimões e finalmente, em Manaus, após a junção com o rio Negro, recebe o nome de Amazonas, e como tal segue até a sua foz, no oceano Atlântico.

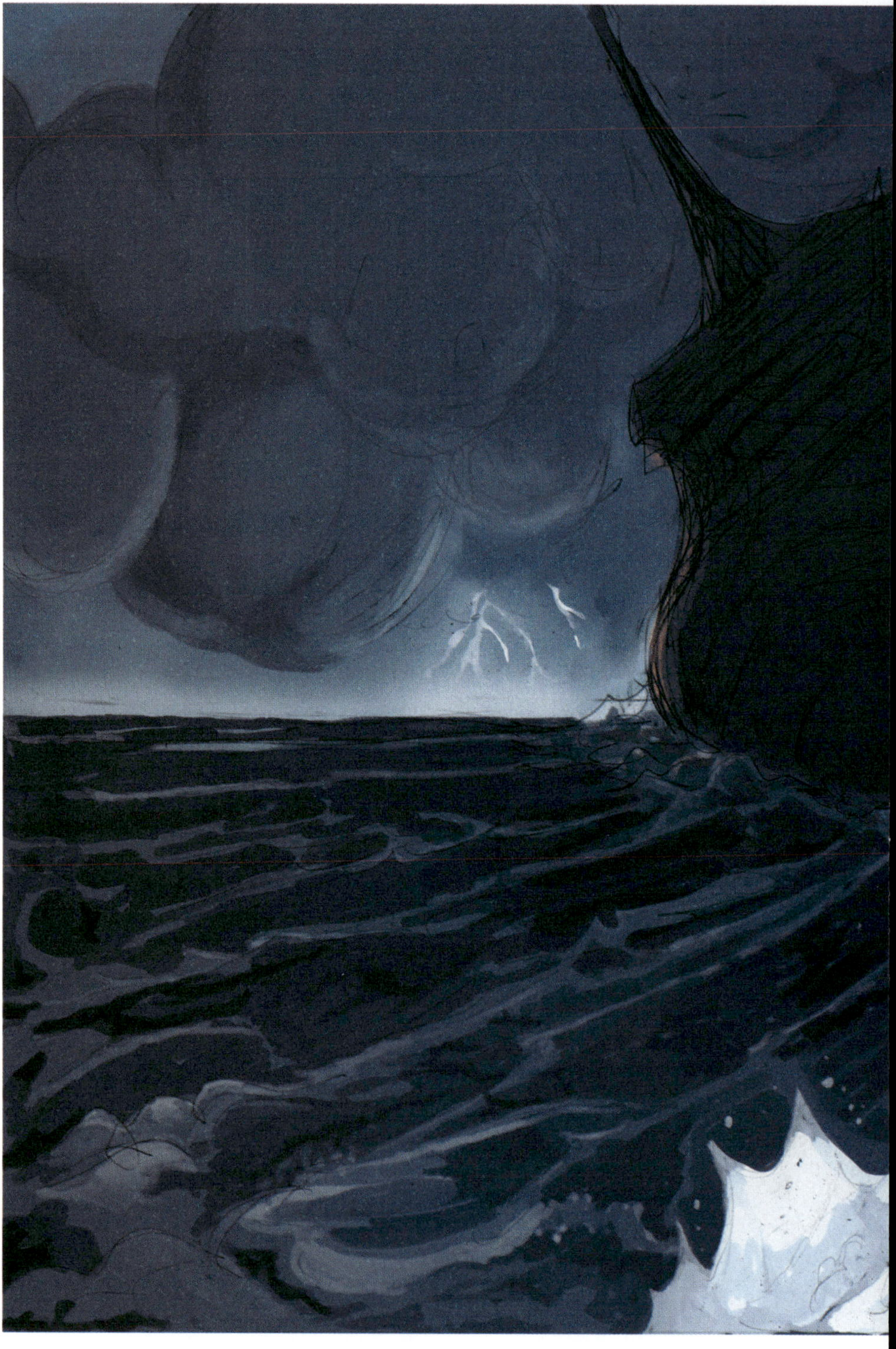

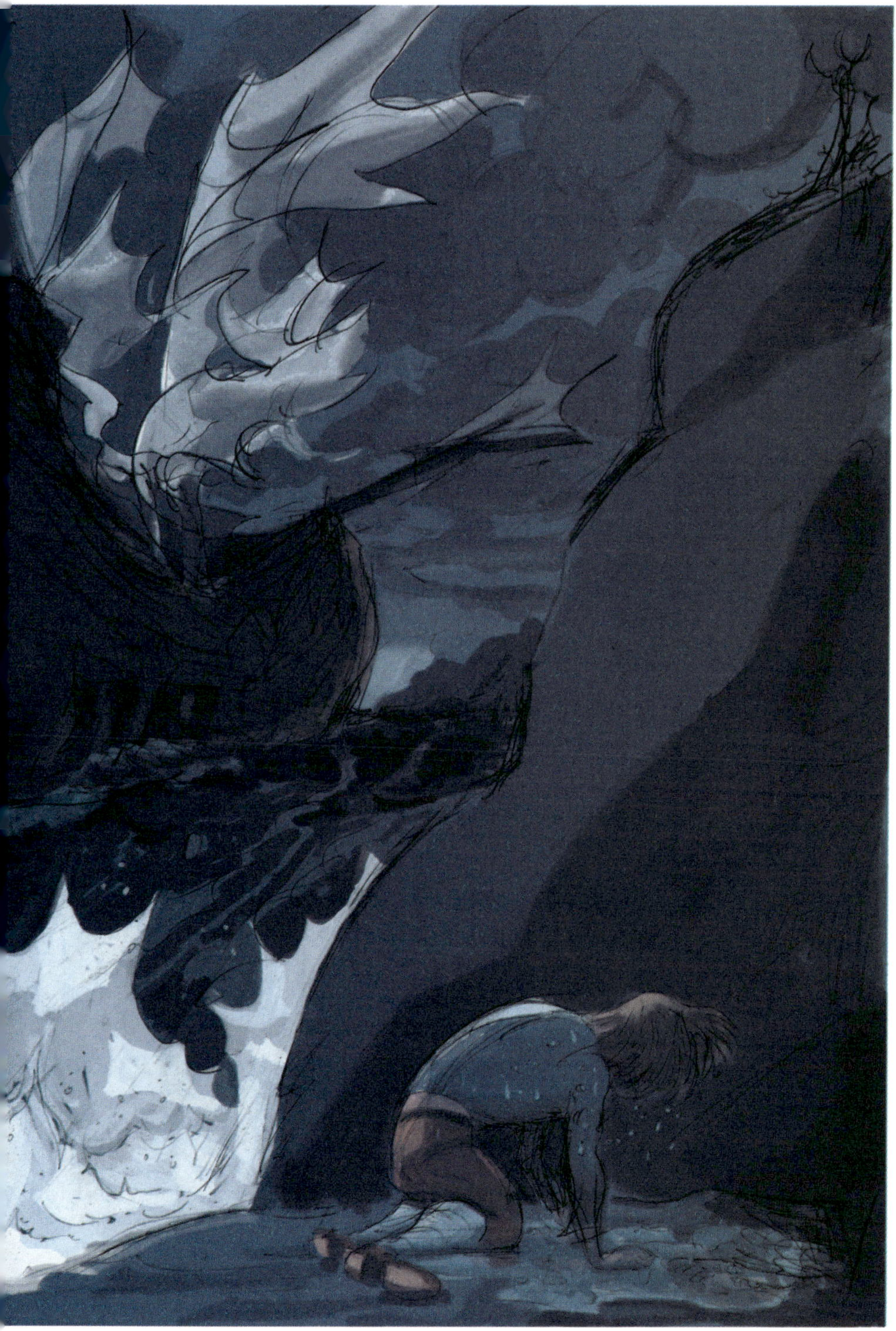

CAPÍTULO 6

O naufrágio

Era medonha a força das águas. O bote acabou virando e nos lançando todos ao mar. Uma onda violentíssima me engolfou e, enquanto tentava desesperadamente voltar à tona, percebi que a marola havia me aproximado da costa. Usando de todas as minhas forças, nadei na sua direção antes que outra onda pudesse me afastar. Nada percebi de meus companheiros, desesperado em salvar minha própria vida.

Outra onda me jogou contra uns rochedos e por pouco não desmaiei. Num esforço supremo, subi nas pedras segurando-me numas ervas e caí de bruços, enquanto o mar rugia atrás de mim.

Depois de descansar um pouco, sentei-me e vi onde o navio havia encalhado. Estava tão longe em meio a um temporal tão impressionante que era quase um milagre ainda se manter intacto.

Foi nesse momento que me dei conta do milagre de estar vivo! A agitação da descoberta de tal modo me alegrou que corri pela praia dando vivas e fazendo cambalhotas... só então tive consciência de não ver sinal de meus companheiros. Olhei em todas as direções, nada! Como resposta, o oceano me enviou três chapéus, um gorro e dois sapatos de pares diferentes.

A noite se aproximava. Tive medo e acreditei ficar mais protegido se subisse numa árvore. Por sorte, achei uma fonte de água doce ali perto e bebi até me fartar. Mastiguei um pouco de fumo para diminuir a fome e subi na árvore. Era tal meu cansaço que dormi até o dia seguinte.

Quando despertei, a manhã já ia alta. A tempestade tinha passado, o sol era radiante e o mar estava tranquilo. Com grande surpresa, vi que o navio continuava preso às rochas. Ah, como o destino é estranho e os desígnios de Deus são impossíveis de prever! Se tivéssemos ficado a bordo, em vez de nos aventurarmos num bote, era bem provável que todos tivéssemos sobrevivido.

A uns oitocentos metros de distância, encalhado na praia, estava o nosso bote, vazio. Ao meio-dia a maré estava tão baixa que eu poderia nadar facilmente até o navio, e foi o que fiz. A quilha[8] estava bem alta e tive dificuldade em subir à embarcação, mas achei uma das cordas com que havíamos descido o bote na véspera. Subi por ali.

O navio estava praticamente cortado ao meio, mas com a quilha alta, tudo ali parecia protegido da ação do mar.

Estava faminto, e minha primeira providência foi correr à despensa; enchi os bolsos de biscoitos e fui devorando-os, enquanto caminhava pela embarcação. Encontrei também um cão e dois gatos que viajavam conosco. Alimentei-os, e eles me acompanharam na pesquisa a bordo. No camarote do comandante, achei várias garrafas de rum e tomei um bom trago.

Precisava de um bote para levar a terra as coisas que pudessem ser úteis, mas tive de me contentar com uma jangada[9] improvisada. Havia muita madeira solta pelo convés. Eu as uni com uma corda e assim obtive a jangada, reforçada com um dos mastros.

Retirei o que tivesse utilidade para um náufrago. Revirei os baús dos marinheiros e esvaziei-os das

---

[8] Peça da estrutura da embarcação disposta longitudinalmente na parte mais inferior e à qual se prendem todas as grandes peças verticais da ossada que compõem o casco.

[9] Conjunto de peças de madeira atadas umas às outras que formam uma prancha flutuante, usada para transportar pessoas, mercadorias e animais.

roupas, colocando ali alimentos como pão, biscoito, queijo, carne defumada e um resto de trigo. Encontrei também vários caixotes de bebidas pertencentes ao comandante e umas vinte e quatro barricas de bebidas alcoólicas, que desci aos poucos até a jangada.

Estava tão ocupado nessas tarefas que nem sequer reparei na subida da maré. Separei algumas roupas e outros objetos que me pareceram indispensáveis, como ferramentas diversas.

Lembrei-me também de que necessitava de armas. Na cabine do comandante achei duas belas pistolas e duas espingardas, alguns potes de pólvora e um saco de balas. Sabia que no navio havia três barris de pólvora, mas não recordava sua localização.

O tempo era escasso; precisava voltar em segurança à praia com esses meus tesouros. Não tinha certeza de vitória, porque a jangada não possuía mastro ou leme. Confiei na Providência: o vento soprava a meu favor.

Segui na direção da praia por cerca de meio quilômetro, mas fui desviado do lugar onde naufragara. Achei dois remos e tentei consertar a direção, mas uma corrente marítima foi me empurrando pela costa.

Súbito, a jangada embicou num banco de areia e quase viramos. Assustado, deitei-me de comprido sobre as tábuas e fiquei assim por meia hora, enquanto a maré subia de todo e me fazia flutuar de novo. Agarrei um dos remos e me pus furiosamente a remar, dando impulso na direção da foz de um riacho.

Meu remo tocava já o fundo da areia, mas não quis correr riscos. Soltei o cão e os gatos, que nadaram para a praia. Enterrei um dos remos como uma âncora improvisada e esperei a maré baixar, deixando a mim e a minhas preciosidades a salvo na areia seca.

CAPÍTULO 7

Ilha ou continente?

Quando me vi em terra firme, tratei de colocar a carga o mais longe possível da linha-d'água. Tinha urgência em descobrir um lugar seguro para proteger aqueles objetos, além de procurar respostas para algumas questões que me afligiam: haveria mais algum sobrevivente? Estava eu numa ilha ou num continente? Seria terra povoada por homens cristãos ou por selvagens e feras terríveis?

Resolvi confirmar minha posição e, armado de pistola, pólvora e balas, subi numa colina. Ao chegar ao cume, percebi minha situação: estava numa ilha, sem terra alguma à vista, a não ser outras duas ilhas menores a umas três léguas a oeste e uns recifes a grande distância. Não havia o menor sinal de construções ou moradia humana. E se também não vi marcas de feras, percebi que os pássaros abundavam no local.

Voltando para minha jangada, vi um grande pássaro numa árvore e disparei contra ele. Acho que foi o primeiro tiro disparado naquela terra, porque centenas de aves levantaram voo, assustadas. Quanto ao pássaro morto, parecia uma espécie de gavião com uma carne de cheiro tão forte que não era comestível.

Anoitecia rapidamente, então tratei de descarregar a jangada e formar, com as madeiras, uma espécie de jaula onde eu pudesse passar a noite. Ainda não descartara a hipótese de haver feras na ilha, por isso queria garantir a proteção de meu sono.

CAPÍTULO 8

Outras visitas ao navio

No dia seguinte, esperei pela maré baixa e voltei ao navio. Tinha de me apressar, porque, se caísse outra tempestade, era provável que a embarcação afundasse para sempre.

Fui a nado e improvisei nova jangada com a madeira do navio. Dessa vez, fiz uma construção maior e mais segura. Carreguei-a com várias sacas de pregos, machados, pedra de afiar, mais pólvora e armas. Também recolhi toda a roupa que havia dispensado na véspera, além de colchões e cobertores.

Enquanto estava no navio, tinha o mau pressentimento de que algum animal selvagem atacava as provisões que estavam na praia, mas, ao voltar, encontrei tudo em ordem.

Surgiu uma espécie de gato-do-mato, que parou a pouca distância de mim e ficou me encarando. Ameacei-o com a arma, mas o animal não fugiu. Joguei então um biscoito em sua direção. Ele primeiro farejou e depois o comeu, olhando-me como quem pede mais. Não podia, porém, me dar ao luxo de ter hóspedes, e ele acabou indo embora.

Com uma vela e algumas estacas, montei uma tenda de campanha, sob a qual guardei tudo que pudesse estragar. Por fim, estendi o colchão e as cobertas e tive um sono profundo, de fadiga do bom trabalho.

Tinha o melhor depósito com que jamais um náufrago poderia contar, mas ainda achava pouco. Enquanto o navio não sumisse, pretendia visitá-lo e recolher tudo que pudesse. Por isso, empreendi uma terceira viagem, dessa vez trazendo cordas, lonas e o barril de pólvora que havia se molhado.

Depois de treze dias desde o naufrágio, tinha feito onze viagens até o navio. Recolhi todas as preciosidades que poderiam ser úteis, como cordas, açúcar, uma pipa[10] de farinha e madeiras.

Estava para começar minha décima segunda viagem quando o vento começou a ficar forte. Resolvi me arriscar e nadei até o navio, seguindo para a cabine do comandante. Achava que nada mais havia de útil ali, mas numa gaveta secreta encontrei navalhas de barbeiro, uma tesoura, garfos e facas. E, noutra gaveta, moedas de ouro e de prata, da Europa e do Brasil.

"Desprezível metal", pensei. "Qualquer dessas colherzinhas ou essa tesoura me são muito mais úteis do que dinheiro. Vou deixar essas moedas aqui, para que o mar as leve, coisas inúteis!"

Mas foi um discurso apressado. Arrependi-me e levei as moedas comigo. Como o mar se encrespava depressa, desisti de construir nova jangada e, apenas com um saco às costas, atirei-me na água, nadando até a praia a tempo de evitar a chuva que começava a cair.

Foi um furacão terrível, que durou toda a noite. Na manhã seguinte, quando consegui colocar a cabeça para fora da tenda, vi que o navio tinha desaparecido.

---

[10] Recipiente bojudo de madeira para armazenar alimentos e líquidos, especialmente vinhos.

CAPÍTULO 9

Uma nova casa

Depois que o navio foi tragado pela tempestade, resolvi que era hora de me dedicar a outra tarefa. Tinha certeza de que o local da minha tenda não era o mais apropriado: ficava próximo demais do mar, era um lugar baixo e pantanoso, a água doce ficava longe dali. Era hora de investigar melhor a ilha, procurar um local mais saudável e conveniente.

Ao pé de uma colina íngreme, encontrei uma espécie de terraço que ficava do lado da sombra do morro. Era um lugar apropriado para defesa, pois podia ver ao longe se surgissem inimigos.

Reforcei minha segurança com uma paliçada que protegesse a entrada da tenda. A cerca ficou tão forte que homem algum poderia arrancá-la, nem fera alguma conseguiria saltar o muro. Fiz um depósito entre as pedras e minha moradia no local mais alto. Resolvi que o mais seguro seria construir uma escada, que pudesse recolher depois de entrar na tenda.

Foi muito trabalhoso levar todos os meus objetos para cima da tenda, e com isso foram-se muitos dias de trabalho. Mas constatava com orgulho que me tornava senhor de uma verdadeira fortaleza, formada por duas tendas, uma em cima da outra, a maior forrada com a lona recolhida no navio, para dar proteção contra as copiosas chuvas tropicais.

Acabei trocando o colchão pela rede que tinha sido do imediato.

A cada dia, ia escavando mais e mais a caverna, e assim abri, atrás de minha tenda, um depósito bastante satisfatório.

Um dia, quando ainda não tinha terminado as obras, caiu uma chuva inesperada. O céu viu-se cortado por raios, e de súbito aterrorizei-me com uma lembrança pavorosa: e se algum raio caísse sobre a pólvora, que armazenara tão perto de mim? Meu coração disparou, alarmado, ao perceber o risco que corria.

Fiquei de tal modo impressionado que, quando a tempestade parou, deixei de lado a construção para confeccionar saquinhos de lona, onde fui separando a pólvora e espalhando-a em diferentes lugares da caverna e em outros esconderijos na rocha. Só não me preocupei com o barril úmido.

Esse foi um trabalho interno que durou quinze dias, mas mesmo assim tratava de sair da toca pelo menos algumas horas, tempo de fazer exercícios e tentar caçar algum alimento.

CAPÍTULO 10

Trabalhos e pensamentos

Depois que me acalmei quanto à pólvora, resolvi conhecer melhor o lugar para onde Deus me enviara e iniciei as caminhadas.

Durante esses primeiros passeios pela ilha, vi que havia inúmeras cabras, mas tão selvagens que não pude matar uma sequer. Só com o tempo é que me ocorreu surpreendê-las nas rochas e não em campo aberto.

A primeira cabra que consegui matar era uma fêmea com o filhote, o que me trouxe um forte remorso. Quando coloquei a cabra morta às costas, fui acompanhado pelo pequeno, que balia atrás da mãe. Senti forte piedade por ele e tentei levá-lo ao colo. Tinha esperança de criá-lo. Mas o pobrezinho não queria comer e fui obrigado a matá-lo também. A carne desses dois animais me alimentou por um bom período.

Narrei até agora fatos concretos e atitudes que ocupavam o tempo, mas nada disse sobre a disposição de meu espírito. É hora de fazê-lo.

Claro, sabia que minha situação não era boa: lançado numa ilha deserta, fora das rotas de navegação, não deveria alimentar esperanças de ser resgatado facilmente. Quando pensava em minha solidão e na dificuldade do resgate, lágrimas vinham a meus olhos e tive muitos momentos de desespero.

"Como é possível que Deus tão misericordioso abandone um filho em tais condições?", perguntei-me várias vezes. Mas também sempre recordava dos colegas mortos e dava graças por estar vivo. Além disso, se havia dor e solidão, também poderia me considerar o mais afortunado dos náufragos, porque cheguei a salvo à praia, pude nadar até o navio antes que ele afundasse de vez e portanto possuía mais objetos e confortos do que qualquer homem em minha condição.

Agora gostaria de começar um relato cronológico e rigoroso daquela que foi provavelmente a aventura mais solitária entre os homens.

Segundo meus cálculos, cheguei àquela ilha deserta no dia 30 de setembro. Ao cabo de uns dez ou doze dias, vi que, quando o papel e a tinta escasseassem, não poderia mais registrar a passagem dos dias. Fiquei aturdido com a possibilidade de não diferenciar dias santificados dos comuns. Espetei então um poste diante da tenda, no qual gravei à faca:

"Cheguei a este lugar a 30 de setembro de 1659."

Todos os dias acrescentava um risco no poste, e ao cabo de sete dias riscava um traço horizontal, para marcar o domingo, e no primeiro dia de cada mês fazia um talho maior. Assim mantive um calendário exato da minha aventura.

Tinha três Bíblias que recebera da Inglaterra, alguns livros portugueses e dois livros de orações. Eles muito me serviram de companhia...

Como também o cachorro foi meu grande companheiro nesses primeiros tempos. Era um animal esperto e foi meu amigo. Posso dizer que só lhe faltava falar.

Aproveitei o material de escrita enquanto ainda funcionava e elaborei uma lista preciosa, que muito me ajudou a vencer a obsessão de passar horas olhando inutilmente o horizonte, à espera de um resgate que sabia quase impossível.

Era assim:

MALES	**BENS**
Estou sozinho numa ilha deserta, sem esperança de sair dela.	*Estou vivo, enquanto meus companheiros morreram.*
Vivo separado do resto do mundo, em triste estado.	*Deus me tirou das garras da morte e poderá me salvar.*
Estou longe do mundo e sem companhia humana.	*Não corro perigo de morrer de fome, o que aconteceria se parasse num lugar estéril.*
Não tenho quase roupa para me cobrir.	*Vivo num clima quente, onde não é preciso roupa.*
Não tenho meios de defesa contra feras ou selvagens.	*Nesta ilha ainda não vi feras como há na África. Que seria de mim se naufragasse lá?*
Não tenho com quem falar, nem quem me console.	*Mas Deus misericordioso permitiu que o navio resistisse e pudesse me abastecer com conforto.*

Era uma comparação da qual tirei uma verdade absoluta: não há nenhuma situação, por pior que seja, que não tenha seu lado bom.

Confortado assim espiritualmente, procurava usar meu tempo em tarefas que melhorassem minhas condições de vida.

CAPÍTULO 11

O diário

Depois que reforcei a muralha com uma proteção suficiente para me resguardar de qualquer ataque, resolvi usar do papel que restava para registrar minhas memórias.

30 de setembro de 1659 — Eu, Robinson Crusoé, depois de naufragar, fui lançado a esta ilha a que dei o nome de Desespero. Todos os companheiros de meu navio morreram na tempestade.

De 1º a 25 de outubro — O navio que me trouxe encalhou a quase um quilômetro da praia. Retirei dele tudo que pude, até que a tempestade do dia 25 acabou por fazê-lo desaparecer.

De 26 de outubro a 4 de novembro — Construí uma tenda com duas coberturas e armazenei todos os bens retirados do navio naufragado.

4 de novembro — A partir desse dia, resolvi que seguiria uma rotina ordenada, dividindo meu tempo entre trabalho e lazer. Todas as manhãs, exceto quando a chuva é forte demais, saio e tento caçar por três horas. Na volta, trabalho até as onze tentando construir móveis para meu lar ou ferramentas. Ao meio-dia almoço e aproveito o calor para tirar uma sesta.

5 de novembro — Saí com meu cão e a espingarda e matei um gato montês de pele bem fina. Sua carne não serve para comer, mas o couro pode ser útil.

De 6 a 18 de novembro — Procurei me aprimorar como marceneiro, construindo uma mesa e cadeiras. Infelizmente o trabalho não ficou bom, mas pretendo retomá-lo.

[11] Árvore nativa da Amazônia e das Guianas, de casca sudorífica, madeira de tom violeta e folhas amareladas.

18 de novembro — Passeando pela ilha, encontrei uma madeira que no Brasil chamam de pau-ferro[11]. É extremamente dura, e foi difícil cortar um único galho. Pretendo transformá-la em uma pá.

27 de dezembro — Matei uma cabra e machuquei outra com um tiro na pata. Tratei o animal com tamanho cuidado que a pata sarou plenamente. É o começo de um rebanho que pretendo possuir em breve.

3 de janeiro — Reparei que dentro de minha caverna brotavam umas plantinhas verdes. Fiquei surpreso ao descobrir que é uma espécie de cevada. Foi um momento de grande emoção, pois, quando vi brotar ali, em lugar tão impróprio, uma forma de alimento, dei graças a Deus e achei que o milagre da vida é uma força que realmente escapa da compreensão dos homens.

Procurei pela ilha e localizei brotos de arroz. Aí me lembrei de alguns grãos de trigo que se espalhavam no fundo dos barris. Esse pode ser o princípio de uma plantação. Dei graças a Deus.

17 de abril — Um terremoto! Estava trabalhando em minha tenda quando o teto veio abaixo. Desesperado, cavei minha saída e lancei-me para fora. Foi um momento de medo terrível ver que a ilha inteira sacudia. A terra tremeu violentamente por três vezes. Senti uma espécie de enjoo, algo estranho para um marujo acostumado ao convés. Vi uma rocha desprender-se da terra com estrondo e cair ruidosamente no mar. O oceano começou a borbulhar como se estivesse fervendo. O morro acima da minha tenda ameaçava desmoronar, e, em pânico, vi que todos os meus esforços poderiam ter sido em vão, com a força da natureza sepultando o trabalho de tanto tempo. Quando veio a calma, iniciaram-se fortes chuvas, que duraram três dias. Mesmo com medo do desmoronamento, protegi-me na tenda.

De 22 a 29 de abril — Planejei construir uma nova moradia. Passei os dias no interior da tenda, separando meus objetos, tentando construir e afiar ferramentas.

De 1º de maio a 15 de junho — Graças ao terremoto e às chuvas, o mar acabou por desnudar meu navio naufragado. Está em posição totalmente nova. Como percebo que quaisquer objetos me são úteis, passei os dias arrancando toda a madeira possível do navio. Com isso, parei os planos de construção da nova casa por um tempo.

CAPÍTULO 12

A doença

Foi em meados de junho que a terrível época das chuvas me tomou de surpresa. É espantoso que, numa terra tropical, a chuva possa ser tão fria. Certo dia, acordei com calafrios e arrepios frequentes. Sentia-me febril.

Por três dias fiquei preso à cama, tomado de dores e febre. Não havia mais dúvidas de que estava doente e isso me apavorava demais. Rezei com frequência e pedi misericórdia a Deus. Em alguns momentos estava tão confuso que mal sabia o que dizia.

No quarto dia acordei um pouco melhor, saí da cabana e matei uma cabra. Como ainda estou fraco, foi um esforço enorme arrastar a caça até a cabana. Assei a carne e tentei me alimentar o melhor que pude.

Ah, a doença piorou! A febre veio com tal intensidade que nem conseguia levantar-me da rede, nem para comer. A sede era cruel. Chorava muito e me lamentava a Deus.

Por essa ocasião, acho que delirei uns três dias. Tive um pesadelo que me encheu de terror. No sonho, estava fora da cabana, sofrendo os efeitos de outro terremoto. A terra se abria e de dentro dela saíam labaredas de fogo. O calor era terrível, e em meio às chamas surgiu um vulto humano. Não poderia ser Deus, que eu O sei cheio de justiça e misericórdia. Também não era meu pai, mas um ser estranho que, com voz de trovão, me lançou toda sorte de xingamentos. Disse que eu estava pagando por minha vida desordenada e porque fizera sofrer muito a meus familiares. Que eu deveria ser punido. O estranho pegou de uma lança e estava prestes a me acertar, quando acordei…

O coração pulsava tão forte em meu peito que temi morrer naquele preciso instante. O medo era pavoroso.

— Meu Deus, como estou desamparado! — disse, aos prantos. — Se esta doença me causar a morte, que será de minha alma?

Voltei a dormir com as lágrimas escorrendo pelo rosto.

A febre diminuiu um pouco, mas era intermitente. Lembrei então que no Brasil os nativos usam fumo como remédio para vários males. Resolvi tentar esse tipo de medicação.

Misturei o fumo ao rum que tirara do navio; era uma bebida de cheiro forte e gosto amargo. Obriguei-me a tomar muitos goles daquela mistura, durante vários dias...

Do mesmo baú de onde tirara o rum, achei o livro de orações. Abri-o ao acaso e li: "Chama-me em teus momentos de aflição; eu te libertarei e tu me glorificarás".

A frase me confortou um pouco. Aquela mistura de rum com fumo me deixava tonto e acalorado. Dormia a maior parte do tempo.

Mas não sei se foi graças àquela mistura nativa, ou se ao poder da Providência divina, ao final de tantos dias de doença a febre cedeu. Estava fraquíssimo, mas sem sinal de calafrios.

Foi um mês terrível, porém ele me ensinou uma importante lição: continuava sendo um náufrago miserável, mas meu espírito estava mais sereno e minha alma mais aliviada. Resolvi que dedicaria parte de meu tempo à leitura dos textos sagrados e às orações.

CAPÍTULO 13

Reconhecendo a ilha

Depois que a doença passou e aos poucos recobrei as forças, resolvi que era mais do que tempo de conhecer o melhor possível minha ilha. Fazia dez meses que naufragara, e as chances de ser encontrado eram remotas. Precisava localizar um lugar melhor para construir a nova casa e procurar alternativas de fontes de alimento.

Segui o riacho que desembocava perto de minha tenda e, conforme fui adentrando a ilha, surpreendi-me em descobrir um vale em que a mata escasseava, mas que contava com enorme variedade de árvores frutíferas. Encontrei uma espécie de melão nativo e uvas. Comi-as com moderação, porque havia encontrado muitos europeus na África que, tendo-se empanturrado com essas frutas, haviam morrido de indigestão. Tive então a ideia de colocar as uvas para secar, porque em passas poderia ter sempre um estoque de alimento, mesmo nos meses de chuva.

Aquele vale era tão adorável e tranquilo que não voltei à minha tenda, permanecendo nele por um mês e ali construindo uma espécie de caramanchão[12]. Foi com orgulho que me descobri proprietário de uma casa na praia e outra no campo.

---

[12] Pequena casa proeminente em uma fortificação, muralha ou edifício, usada como posto de vigia ou mirante.

Sabia que o local onde fizera a cabana era ruim, mas tinha sempre esperanças de que, se me fixasse no litoral, pudesse ser resgatado. Mesmo assim, resolvi que sempre que o tempo melhorasse também frequentaria o vale da casa de campo.

Chegou o dia 30 de setembro, data do primeiro aniversário do meu naufrágio. Conferi as marcas talhadas no poste e nesse dia fiz um rigoroso jejum, dedicando meu tempo a preces e a uma confissão sincera de meus pecados diante de Deus. O resto do dia passei lendo orações.

Meu plano de fazer o reconhecimento completo da ilha não diminuiu após a estadia de um ano. Aos poucos, durante o resto do ano seguinte, fui lentamente costeando o mar, até dar a volta completa em Desespero.

Numa ponta da ilha, podia enxergar melhor uma nesga de terra que do local da cabana era menos visível. Perguntei-me se não era um tolo em não tentar uma viagem até lá: e se estivesse próximo de algum local povoado por europeus? Os espanhóis e os franceses estavam se estabelecendo em vários lugares do Caribe.

Mas também tive medo, porque eram muitas as histórias sobre terríveis tribos canibais que habitavam aquelas regiões ainda tão pouco exploradas. Se minha vida corria bem na ilha, se aumentava meu rebanho de cabras, se tivera sucesso com a secagem das uvas e contava com meu cão como companhia, por que correr o risco?

Às vésperas do segundo ano do naufrágio, dei-me de presente um filhote de papagaio, decidido a ensiná-lo a falar. Seria mais um amigo a me fazer companhia — e dessa vez seria um amigo falante.

Tinha agora boa noção de como as estações secas e chuvosas se sucediam naquelas paragens tropicais. Quando o tempo chuvoso voltou, terminara a longa viagem de reconhecimento e fiquei feliz em me proteger das chuvas na cabana da praia.

Havia encontrado praias mais belas e mais adequadas como moradia, tendo inclusive grandes quantidades de tartarugas — animal que aprendi a apreciar, tanto pela carne doce como pelo sabor dos ovos. Fazer uma mudança poderia ser um plano para adiante.

CAPÍTULO 14

A canoa

Minha maior preocupação era nunca estar ocioso. Começava meus dias cumprindo meus deveres para com Deus, lendo um trecho da Bíblia ou orações. Isso me dava, além de distração, um grande consolo.

Saía depois à caça de alimento e nunca deixei de fazer exercícios diários, mesmo quando o tempo estava feio. Só podia contar comigo mesmo, e aquele período de febre e doença me aterrava. Sentia que precisava cuidar bem de mim.

Os grãos nativos de cevada e arroz floresceram, e era a hora de colhê-los. Pena que os pássaros também apreciaram o petisco e tive de deixar o cão como sentinela na hora da colheita, senão perderia meu trabalho para as aves.

Resolvi atacar os pássaros com o fuzil. Dei vários tiros sobre os intrusos e creio que ficaram tão assustados que pude fazer a colheita sem mais perdas.

Mas encontrava outros problemas: como moer a cevada, arrumar um forno, misturar a massa? Achei melhor não tocar naqueles grãos e usá-los para ampliar minha plantação. Com dificuldade, já que não tinha enxada e usava o duro pau-ferro, aumentei o terreno de plantio e orei muito para que a colheita seguinte fosse mais farta.

Além do trabalho braçal, divertia-me muito ensinando o papagaio a falar. Batizei-o de Poll, e ele reproduzia o próprio nome com bastante clareza. Na imensa solidão daqueles anos, as únicas palavras que não saíram de minha boca vieram da garganta daquele animalzinho esperto.

Certo dia, resolvi construir uma canoa à maneira que vira os índios do Brasil construírem as deles. Eles cortavam um tronco inteiro de árvore e ateavam fogo no meio. Iam depois polindo e aprofundando o buraco, até que davam forma de canoa ao tronco.

Levei boa parte de meu quarto ano na ilha construindo a barca que — quem sabe! — me levaria até aquelas terras que poderiam ser do continente. Havia sempre a esperança de que eu pudesse sair da ilha e encontrar europeus.

Mas que decepção! Construí uma canoa pesada demais, e não havia força em meus braços para empurrá-la até a beira d'água. Foi frustrante ver que tanto trabalho resultara inútil. Mas vi nisso também o dedo da Providência: era melhor que me conformasse em ficar numa ilha que tanto me abastecia do que me arriscar numa travessia que poderia resultar em desilusão.

CAPÍTULO 15

Uma pegada na areia

[13] Arma de fogo similar a uma espingarda. Por ser muito pesada, é usada sobre um apoio ou forquilha.

Preparei uma segunda canoa, tomando cuidado para escolher bem o local da construção. Pretendia navegar apenas costeando minha ilha, porque temia que a leve embarcação não resistisse à fúria do mar alto.

Abasteci a canoa com muitos alimentos e levei o mosquete[13] e a munição.

Comecei a viagem dia 6 de novembro do sexto ano de meu naufrágio, e ela acabou durando mais tempo do que planejara. A ilha em si tinha o tamanho calculado, mas havia uma formação de recifes que poderia me afundar. Tive então que fazer uma volta maior, e de repente uma correnteza me jogou para longe da ilha.

Ah, como foi terrível descobrir que a situação de um homem pode ficar pior do que ele imagina! Ao me ver distante da ilha foi que percebi como aquele pedaço de terra podia ser abençoado e querido!

Foram muitas horas de desespero e de tentativas com a vela que eu improvisara, até que uma correnteza me atirou de novo à costa. Dessa vez eu havia desembarcado do lado oposto àquele onde tinha embarcado.

Mal meus pés tocaram a terra, caí de joelhos e dei graças a Deus, que mais uma vez tinha me salvado.

Estava numa região que nunca visitara antes. E foi uma visão estranha, terrível, a de encontrar uma pegada na areia. Não poderia ter sido feita por mim, visto que nunca estivera ali. Além do mais, medi a pegada com a de meu pé descalço e aquela marca fora feita por um homem maior do que eu.

Voltei desesperado para aquela que chamava de casa de praia e por muito tempo permaneci o mais próximo possível dos locais que conhecia bem, evitando novas aventuras.

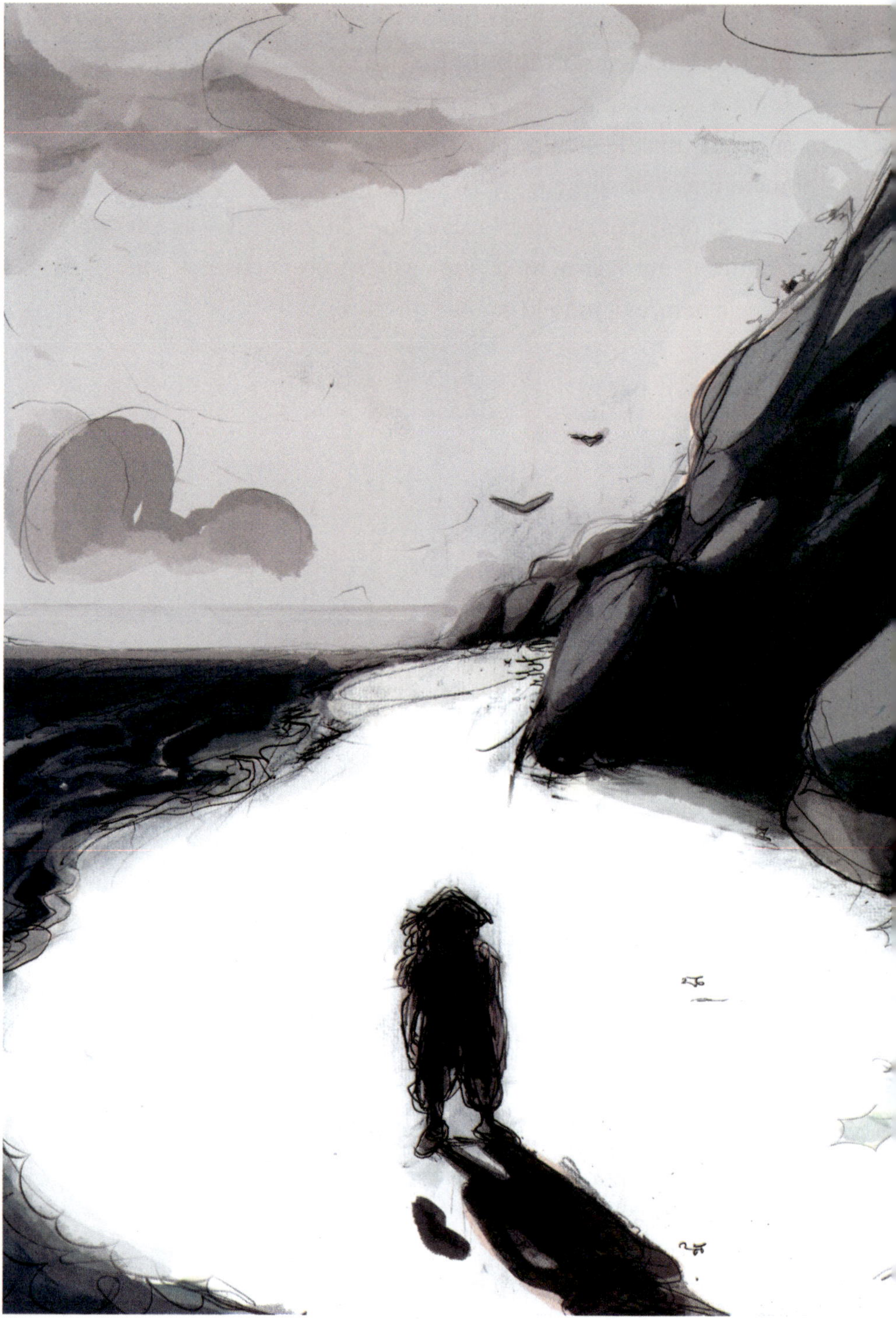

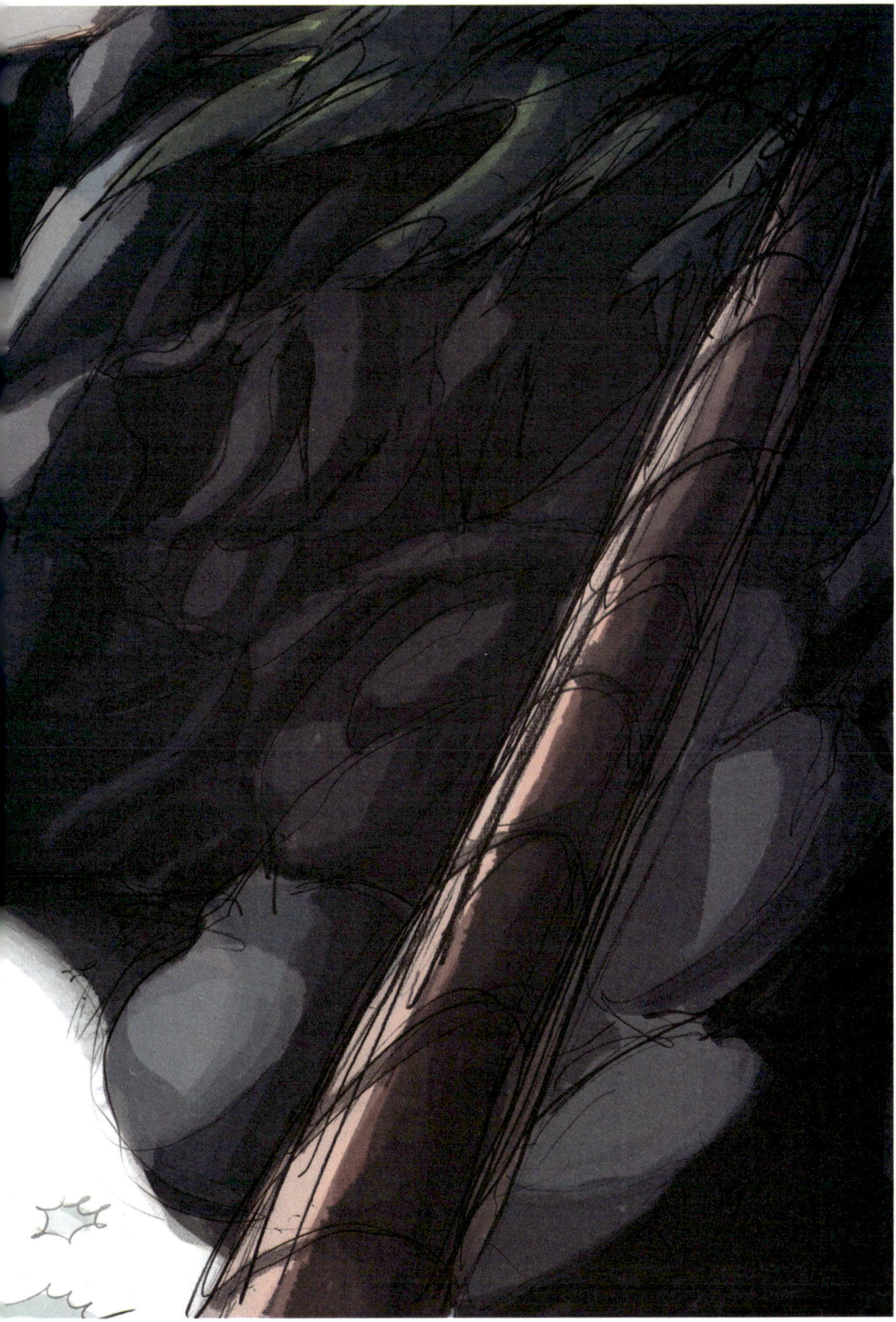

CAPÍTULO 16

Uma visão macabra

Já estava havia quinze anos na ilha, tinha conseguido um bom rebanho de cabras e minhas plantações de arroz e cevada iam bem. Como as roupas europeias se estragaram, improvisei trajes com a pele das cabras, e usava um chapéu de folhas. Usava também um guarda-chuva, como tinha visto ser usado no Brasil, para proteção contra o sol forte. Era uma tentativa de me manter vestido com dignidade.

Mas, apesar das tarefas e das orações, muitas e muitas vezes pensei naquela pegada na areia e concluí que, apesar de não ter visto gente, isso não significava que algum navio não pudesse aportar e sair da ilha sem que eu soubesse do fato.

Quando me dispus a voltar à praia onde encontrara a pegada, acabei topando dessa vez com uma descoberta mais terrível e cruel.

A areia estava coalhada de ossos humanos! Mais além, os restos de uma fogueira demonstravam que ali fora o palco de um ritual terrível, de antropofagia e crueldade.

Fiquei tão atordoado com aqueles restos humanos que acabei vomitando. Nos dois anos seguintes, tratei de organizar uma verdadeira fortaleza em torno de minha casa da praia. O fato de os selvagens nunca terem me visto não significava que minha sorte duraria para sempre. Era preciso ser cauteloso.

Evitei disparar tiros, para não atraí-los, mas de tal modo os temia e odiava que muitas vezes eles me povoaram as noites de insônia ou surgiram em meus pesadelos, em meio a labaredas infernais e a um banquete grotesco de carne humana.

Em outros anos, também presenciei a chegada dos selvagens. Numa das ocasiões, percebi de longe a fogueira acesa pelos invasores. De início, escondi-me, pensando em vender caro a vida se eles me descobrissem. Depois, retomando a coragem, saí do esconderijo e me aproximei sorrateiro.

Vi nove selvagens em torno da fogueira e duas de suas canoas à beira-mar. Não demoraram muito em torno do fogo, depois remaram em suas pirogas[14] na direção de outra ilha. Quando tive certeza de sua partida, fui à praia para confirmar minhas hipóteses mais sinistras...

Em meio ao resto da fogueira, ossos e partes de corpos humanos misturavam-se, confirmando o festim daqueles canibais. Tamanha foi minha revolta e ódio contra tão detestável costume que prometi que, se tivesse alguma oportunidade, tentaria no futuro salvar a vítima de algum daqueles demônios.

[14] Embarcações indígenas a remo, cavadas a fogo em tronco de árvore.

CAPÍTULO 17

Outro naufrágio

Depois de vinte anos morando em minha ilha, perdera as esperanças de que outro navio me encontrasse. Por isso, foi com grande espanto que, após um terrível furacão, ouvi o som inconfundível de um tiro de canhão.

Saí de meu abrigo desesperado e vi, no meio da noite escura, o clarão de outro disparo. Imaginei que, se podia enxergar o tiro, os marinheiros também poderiam me ver. Reuni toda a lenha seca que pude e fiz uma fogueira. O plano funcionou, porque ouvi outro canhonaço. O navio tentava se aproximar da ilha!

Foi uma noite passada em claro, em meio a orações desesperadas pela vida de meus companheiros de infortúnio. Quando a manhã chegou, procurei pelo navio. O tempo estava péssimo e não podia distinguir se o vulto era o de um navio mesmo. Imaginei se eles não teriam jogado âncora, reuni meu arsenal e procurei pelos náufragos.

Ah, mas, ao me aproximar do local da praia onde estava o navio, desesperei-me ao ver o triste estado em que ficara a embarcação. Em todos aqueles anos, nunca desejei tanto encontrar um ser humano que também pudesse ter sobrevivido à tempestade. Mas, ao ver o cadáver de um jovem marinheiro, deixei as esperanças de lado.

O navio tinha estilo espanhol e estava bastante destruído. Além do infeliz afogado, não vi sinais de outros náufragos na praia.

Quando o tempo melhorou, fui a bordo. Foi uma visita amarga, porque achei logo os cadáveres de dois infelizes, abraçados naquela que fora a cozinha do navio, boiando em meio à água que invadira os porões. Orei pela alma de meus irmãos e me conformei com a solidão. Então ouvi latidos e encontrei um cão, tão desesperado por ver um homem vivo que me recebeu com todo tipo de carinhos. Alimentei-o com o que encontrei e o levei para terra, porque aquele meu antigo cachorro falecera havia muitos anos.

Nos dias seguintes tratei de levar para terra tudo que pude tirar do navio. A carga do navio espanhol estava bastante estragada, mesmo assim encontrei um barril de licor, alguma pólvora e ferramentas, roupas europeias e, para minha surpresa, um baú com grande quantidade de ouro em barras e moedas.

As roupas e as ferramentas me pareceram tesouros bem mais preciosos, mas mesmo assim recolhi o metal na canoa e levei tudo para minha casa de praia.

CAPÍTULO 18

Surge Sexta-Feira

Os canibais continuavam sendo minha maior preocupação naqueles últimos anos de desterro. Havia resolvido que, se os encontrasse, tentaria enfrentá-los. A cada caminhada, carregava arma e binóculo, para localizar suas canoas, caso se aproximassem da ilha.

E eles voltaram. Certa vez, vieram cerca de trinta selvagens em várias canoas. Logo armaram uma fogueira e se puseram a dançar em torno dela. Com o binóculo, vi quando retiraram dois prisioneiros de uma das pirogas. Um deles foi logo derrubado na areia com um golpe. Rapidamente, os canibais atacaram seu corpo com facas e o esquartejaram.

O outro prisioneiro esperava, trêmulo, que sua vez chegasse. Mas, como percebeu que seus captores estavam distraídos, ele se pôs a correr e veio, às cegas, na direção de minha fortaleza. Foi o que vi pelo binóculo.

Não me contive e rapidamente organizei um plano. Se o rapaz conseguisse atravessar um pequeno rio, poderia ajudá-lo. Ele estava sendo perseguido por dois selvagens, então subi numa pedra e atirei no primeiro. Matei-o imediatamente.

O estampido apavorou o outro perseguidor do mesmo modo que ao perseguido. Tive de fazer sinais insistentes para que o jovem ultrapassasse o riacho, e ele enfim compreendeu que minha intenção era ajudá-lo.

Enquanto o rapaz nadava, acertei o outro canibal com a coronha da arma e o fiz desmaiar. Não poderia ter clemência e fiz mira com o mosquete no peito do desmaiado. Meu amigo recém-salvo, porém, usando frases desconhecidas e sinais, pediu que eu lhe desse meu facão.

Passei-o para suas mãos, e o rapaz atacou o canibal ferido com decisão. Foi um gesto tão preciso que decapitou o inimigo num só golpe.

Tínhamos de sair dali antes que os outros selvagens nos seguissem. Meu amigo investigou o corpo do homem que eu matara com o tiro e parecia não compreender de que maneira minha arma de fogo acabara com o rival.

Não havia tempo para explicações, então seguimos até uma caverna, localizada no lado extremo da ilha. Era tamanho o cansaço do infeliz que dormiu na hora em que se jogou entre as pedras.

No dia seguinte, tentei falar com ele e lhe ensinar algumas palavras da minha língua. Pensei que nome poderia lhe dar, e como eu o salvara numa sexta-feira, achei que era um bom nome.

— Seu nome é Sexta-Feira — eu disse. — E você pode me chamar de Amo.

Esse foi o começo de uma amizade que durou longo tempo...

CAPÍTULO 19

Primeiras providências

Sexta-Feira era um rapaz simpático, de bom físico, talvez com vinte e seis anos de idade. Não parecia feroz e, quando sorria, lembrava um europeu. Seus cabelos eram negros e lisos, e sua pele não era escura como a dos africanos, mas de uma cor azeitonada.

Queria ter certeza de que os canibais haviam se retirado e, com gestos, pedi a Sexta-Feira que me acompanhasse. Quando passamos perto do local onde havíamos enterrado os dois perseguidores, o rapaz localizou o terreno e, gesticulando, sugeriu que os desenterrássemos e os comêssemos. Fiz sinais decididos de não e fingi vomitar. Ele pareceu compreender minha repulsa e me obedeceu.

Na praia, nem sinal das canoas dos selvagens, mas que terrível espetáculo o das sobras de seu banquete! Entre as cinzas da fogueira, pedaços de carne humana e ossos me deixaram nauseado e com profundo ódio daqueles monstros. Com gestos, dei ordem para Sexta-Feira recolher aqueles restos humanos para que os enterrássemos. Reparei que meu novo amigo parecia tentado a comer aquela carne. Precisei de novo ser insistente para mostrar a ele quanto o canibalismo me era repugnante.

Depois que fizemos o enterro, levei Sexta-Feira até minha fortaleza e arrumei roupas para ele. O selvagem estranhou muito o uso das calças, e a túnica o incomodava. Com paciência e dedicação, fui lhe mostrando a importância de andar vestido.

Queria instalar bem meu novo amigo, mas também temia que seus instintos canibalescos me trouxessem perigo. Então arrumei para ele uma tenda entre as paliçadas que cercavam minha casa. Assim, Sexta-Feira ficaria próximo o bastante de mim, mas isolado pela escada que eu recolhia antes de dormir na parte superior da casa.

CAPÍTULO 20

O aprendizado de Sexta-Feira

Dediquei boa parte de meu tempo ao novo amigo. Ensinei-lhe palavras em inglês e logo podíamos ter alguma comunicação.

Confesso ter me arrependido da desconfiança inicial. Sexta-Feira se mostrou tão leal, alegre e participativo em aprender as tarefas e me ajudar em todas elas que vi não ser necessário tomar nenhuma precaução contra ele. Seu comportamento me convenceu de que Deus deu a todas as criaturas, civilizadas ou selvagens, a mesma capacidade de inteligência e sentimentos, bastando para isso que a pessoa abra seu coração. Um canibal pode saber o que é gratidão e lealdade.

Além de rudimentos da língua, ensinei Sexta-Feira a usar as armas. Elas o assustavam muito; acredito que o nativo imaginasse que seu poder de fogo fosse uma espécie de dom divino. Aos poucos, porém, ele conseguiu manejar o fuzil com pontaria suficiente para caçar nosso alimento.

Sexta-Feira estranhou muito os alimentos civilizados. Quando salguei a carne, ele a cuspiu, enojado. Peguei um pedaço de carne crua e também a cuspi, mostrando com isso que tínhamos jeitos diferentes de apreciar o alimento. Mas o rapaz gostou muito de pão e aos poucos também passou a apreciar a carne salgada e assada.

Quando seu inglês melhorou, perguntei a Sexta-Feira de onde ele vinha e quem era seu povo.

Sexta-Feira apontou para o extremo norte da ilha, para aquelas costas que via ao longe. Falou que nas batalhas entre seu povo e o inimigo, às vezes aprisionavam-se milhares de guerreiros. Disse também que seu povo era valente e jamais se rendia.

— Por que, se são tão valentes, você acabou prisioneiro? Seus amigos não puderam salvá-lo?

— Porque minha gente não canoa — ele respondeu.

— Diga-me, Sexta-Feira, vocês também comem os prisioneiros?

— Sim, sim, comer todos os prisioneiros! Eu comer um, dois, três...

Foi difícil para minha alma entender como aquele rapaz gentil podia aprovar uma prática de tal selvageria. Aos poucos, fui lhe explicando sobre Deus e as leis da religião cristã. Ele me prometeu que não mais comeria carne humana.

CAPÍTULO 21

A ideia da viagem

A facilidade com que a canoa dos canibais atravessava o mar entre a costa distante e minha ilha me deixou fascinado. Sexta-Feira explicou que havia duas fortes correntes marítimas entre os dois lugares.

Contei a ele sobre os hábitos da Europa e sobre minhas viagens. Não tínhamos mais roupas europeias, mas assim mesmo nos vestíamos improvisadamente, com chapéu feito de folhas e roupas de peles de cabra. Era o mais civilizado que se poderia conseguir naquelas condições.

Certo dia, levei-o até os restos da embarcação espanhola que havia naufragado alguns anos antes. Sexta-Feira olhou para o navio com muito interesse e disse:

— Eu ver canoa assim minha terra. Nós salvar homens brancos.

— Mas havia homens brancos no navio?

— Sim, viver com minha gente.

— E vocês não os comeram?

— Não — explicou Sexta-Feira —, eles ser irmãos. Caribes só comer homens prisioneiros de batalhas.

— E vivem há quanto tempo com vocês?

Com um modo curioso de fazer contas, o rapaz respondeu:

— Um ano e outro ano e outro ano.

Supus que os brancos deviam ser os náufragos do navio espanhol, que fugiram em algum bote e, levados pela maré, acabaram nas terras do povo de Sexta-Feira.

— Gostaria de voltar à sua terra, Sexta-Feira?

— Sim, gostaria muito.

— E voltaria a ser um selvagem e a comer carne de gente?

Olhou-me envergonhado e disse:

— Não. Sexta-Feira dizer a sua gente: rezar a Deus, ser bom, fazer pão, comer carne, bichos e leite.

— E se eu fosse com você, Sexta-Feira... não me comeriam?

— Não, não. Eu fazer eles não comer, Amo. Eu fazer eles gostar muito de Amo.

Então, depois de duas décadas em que vivera sozinho naquela ilha, fiquei realmente decidido a tentar, com meu amigo, a perigosa travessia para encontrar sua tribo e os homens europeus que viviam entre eles.

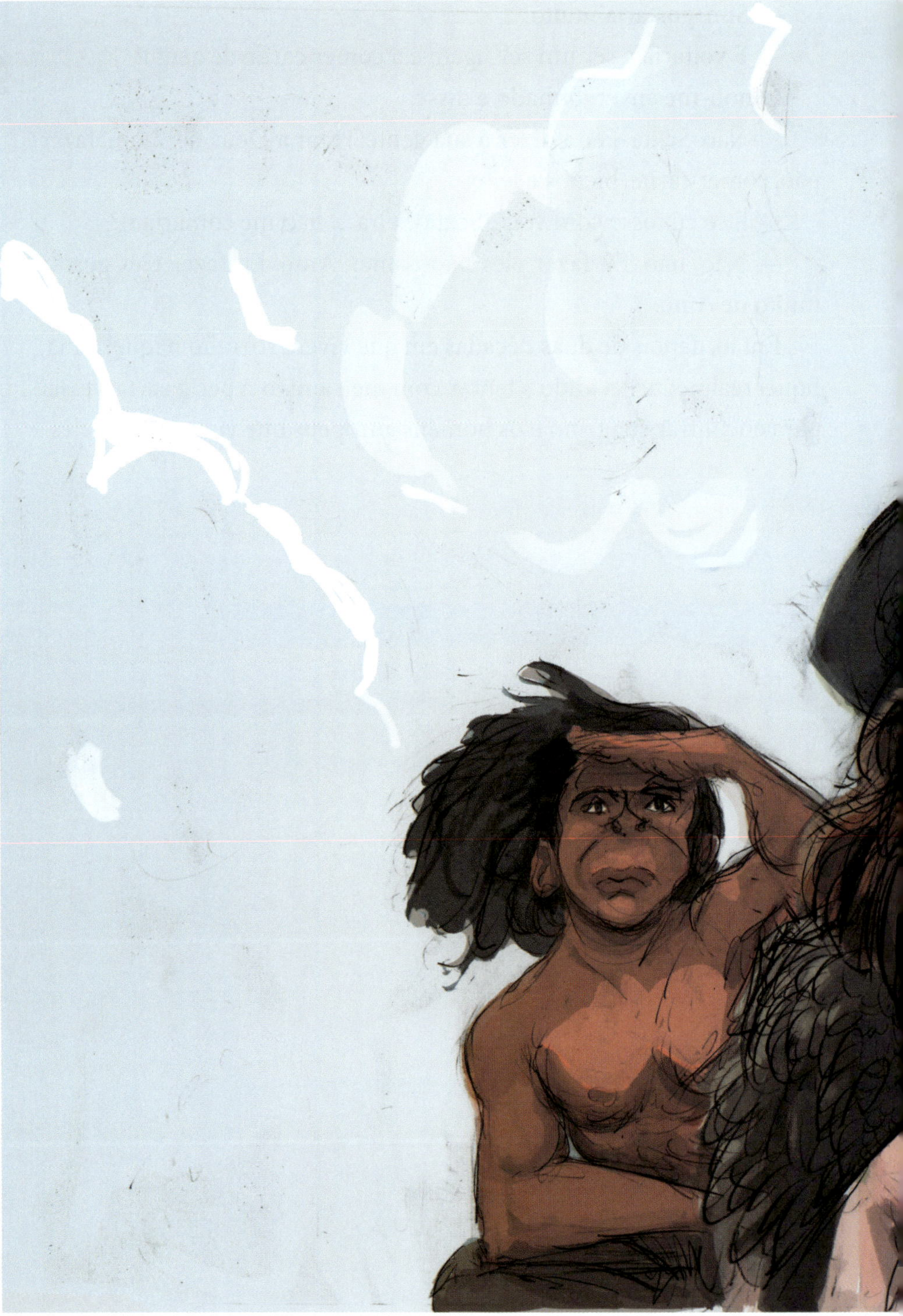

وَرْرْ

CAPÍTULO 22

Novamente os canibais

Resolvemos construir uma nova canoa, a terceira desde que eu estava na ilha. Procuramos uma árvore apropriada, e Sexta-Feira revelou-se um construtor bem mais habilidoso do que eu. Descobriu a árvore certa, teve a força necessária para desbastá-la e em apenas um mês a piroga estava pronta. Colocamos o mastro e o leme, e passei um bom tempo ensinando a meu amigo as artes da navegação a vela.

Estava vivendo meu vigésimo sétimo ano de naufrágio, embora nos últimos três a solidão tivesse sido amenizada pela companhia do meu amigo Sexta-Feira.

Faltava pouco para nossa partida quando um dia Sexta-Feira chegou correndo até minha fortaleza:

— Amo! Amo! Que horror!

— O que foi?

— Na praia, uma, duas, três canoas!

Fiquei confuso, porque, pelos cálculos estranhos de Sexta-Feira, tanto poderia haver nove como trinta selvagens. Procurei acalmá-lo ao máximo e prometi que nos defenderíamos. Que ele precisava confiar em mim.

— Eu morrer quando Amo mandar! — Essas foram suas corajosas palavras.

Recolhemos muitas armas e munição que eu havia reunido naqueles anos todos e preparamos o arsenal. Era pesado, mas seguimos pela mata o mais rápido possível. Levei também uma garrafa de rum, tomei um bom gole e passei a bebida para meu amigo, o que nos deu novo ânimo. Do alto do morro, usei o binóculo e contei vinte e um canibais, três prisioneiros e três canoas. Entre os prisioneiros amarrados na praia estava um homem vestido à maneira europeia.

— Faça exatamente o que eu mandar.

— Sim, Amo.

Com as armas carregadas, disparamos ao mesmo tempo. A pontaria de Sexta-Feira era melhor que a minha, pois matou dois e feriu três, enquanto eu feri dois e matei um dos demônios.

Não se pode descrever o pavor que caiu sobre os selvagens. Eles pareciam não saber de onde vinham aqueles trovões que os derrubavam. Fizemos nova carga de fogo e mais outros morreram.

Peguei o último mosquete carregado e saí da mata, correndo na direção da praia.

— Siga-me! — gritei para Sexta-Feira.

Viemos correndo e berrando como demônios, apavorando ainda mais os miseráveis. Dois canibais estavam prestes a matar o europeu, mas o abandonaram e fugiram para as pirogas. Ordenei a Sexta-Feira que os perseguisse, enquanto eu me agachava ao lado do europeu. O rapaz os alcançou e, com sua agilidade felina, deu cabo deles com a pistola.

Sempre atento a outro ataque daquele grupo disperso de selvagens, cortei as cordas que prendiam o prisioneiro. Perguntei, em português, quem era ele.

— *Christianus* — disse em latim.

Estava exausto e a voz mal lhe saía da boca. Estendi-lhe o rum e um pedaço de pão. Ele bebeu e comeu vorazmente.

— De que nação?

— Espanhol — ele respondeu. E acrescentou: — E eu lhe devo minha vida.

Passei uma pistola e uma espada às mãos do espanhol, porque nem todos os selvagens haviam fugido. Mal se viu com a arma na mão, o ex-prisioneiro readquiriu energias. Lançou-se sobre um de seus captores com ódio tamanho que sua lâmina se cravou sobre o crânio do que estava mais próximo.

Eu poupava o último tiro da pistola e tratei de recarregar as outras armas o mais rápido possível. O espanhol havia despachado mais dois inimigos e era tão valente que, mesmo estando fraco, era capaz de derrotar os canibais.

Alguns selvagens correram para a floresta, mas Sexta-Feira lhes barrou o caminho. Afinal, apenas três canibais conseguiram colocar a piroga no mar e fugiram.

Havíamos vencido.

Fui até uma das pirogas abandonadas e tive a enorme surpresa de ver ali, deitado no fundo de uma delas, de pés e mãos atados, um caribe meio morto de medo ou de fraqueza.

Soltei-o e chamei Sexta-Feira para que me ajudasse a alimentá-lo e servisse de intérprete. Meu amigo veio depressa cumprir sua tarefa, mas, mal soltamos o prisioneiro, o rapaz estacou, trêmulo.

— O que aconteceu, Sexta-Feira? — perguntei.

Com lágrimas nos olhos, o bom selvagem respondeu:

— Amo, Amo, esse homem ser meu pai!

CAPÍTULO 23

Novos hóspedes

Tanto o pai de Sexta-Feira como o espanhol, chamado Lope, estavam famintos e muito debilitados. Nós os transportamos para nossa fortaleza, matamos uma cabra e lhes servimos um cozido leve. Depois, dormiram profundamente.

No dia seguinte, eu e Sexta-Feira enterramos os selvagens mortos e conferimos que não havia sinal de pirogas inimigas. Quando o pai de meu amigo melhorou, perguntei se havia perigo de os nativos voltarem. O velho acreditava que nossas armas de fogo os tinham apavorado muito e eles não deveriam trazer reforços.

Tive longas conversas com Lope. Além dele, havia quinze europeus vivendo com a tribo de Sexta-Feira, espanhóis e portugueses. De imediato, meu plano foi reunir-me a esse povo. Mas o espanhol me desiludiu. Disse que as condições da ilha de Trinidad eram piores que na minha Desespero; que havia o perigo constante da proximidade da tribo canibal e que eles de pouco dispunham para construir um navio.

Pensei muito e então propus o contrário: se o pai de Sexta-Feira e os nativos colaborassem, o grupo de náufragos europeus poderia vir à minha ilha. Com as ferramentas e os meios de que dispunha, construiríamos um navio que, mesmo que não nos levasse à Europa, nos levaria às costas do Brasil ou a alguma ilha mais civilizada.

CAPÍTULO 24

Os piratas

Foram muitos os preparativos necessários para receber um grande grupo de pessoas, os campos tiveram de ser arados em seu limite, e procuramos cercar novas cabras nos rebanhos. Afinal, o espanhol e o pai de Sexta-Feira partiram, sob grande expectativa de minha parte.

Ao cabo de oito dias, fui acordado pelos gritos alegres de Sexta-Feira:

— Já estão aqui, Amo, já estão aqui!

Fiquei tão feliz com a novidade que saí da fortaleza sem levar armas. Ao chegar à praia, percebi que não poderiam ser os da ilha de Trinidad. Havia um navio de estilo europeu à distância e um bote já se aproximava da ilha. Busquei meu binóculo e percebi serem todos europeus. Entre um grupo de onze homens, três deles estavam amarrados.

— Amo! — gritou Sexta-Feira, vendo a forma cruel com que os três prisioneiros foram jogados na areia. — Homem branco comer prisioneiro como homem caribe!

— Deixe de bobagens! — disse. — Eles podem talvez matá-los, mas nunca comê-los.

Eram ingleses, e isso me deixou ainda mais aturdido. O grupo largou os prisioneiros na praia e depois se dispersou para investigar a ilha.

Como não ancoraram a lancha, ela flutuou. Ouvi um dos homens gritar para outro:

— Pode deixar, Jack, não se preocupe, o bote voltará quando a maré baixar.

Isso deveria acontecer em dez horas, então era preciso agir antes desse tempo. Não sabia quais eram as intenções do grupo, mas acreditei que os homens de bem eram os prisioneiros. Decidi ajudá-los.

Preparei todas as nossas armas e esperamos pela noite.

O grupo de marujos espalhou-se pela mata, para encharcar-se de rum e dormir a sesta. Os prisioneiros estavam acordados, sob uma árvore.

Era o momento certo de agir. Amarramos no corpo quantas armas pudemos carregar e nos aproximamos dos três ingleses.

— Quem são os senhores e por que são prisioneiros?

Nossa chegada e aparência os assustaram, um deles lastimou-se:

— És um anjo ou um homem?

— Se Deus quisesse lhes mandar um anjo, imagino que teria mandado alguém com melhores trajes — gracejei.

Nós os soltamos e ouvimos sua história: um dos prisioneiros era o comandante do navio. O outro era o imediato e o terceiro, um passageiro.

— Meus marujos se amotinaram e não sei como não me mataram — disse o comandante. — É um milagre ainda estarmos vivos.

— Eles possuem armas? — Apontei para o grupo que dormia pesado, sob efeito do álcool.

— Só tinham duas pistolas e creio que uma ficou no bote.

— Nesse caso, não será difícil matá-los. O que acha disso?

— Senhor, apenas dois entre eles são bandidos de verdade. O resto é gente simples que se deixou influenciar.

Meditei um pouco antes de perguntar:

— Se eu conseguisse lhe devolver o comando do navio, aceitaria minhas condições?

— Estou em suas mãos, senhor, aceito qualquer proposta.

— São apenas duas: enquanto estiverem na ilha, todos vocês agirão sob minhas ordens. E se prendermos os amotinados e conseguirmos o navio, quero que levem a mim e a meu criado para a Inglaterra.

Aceitas as condições, demos um mosquete a cada inglês e nos aproximamos do grupo adormecido. O comandante pretendia atacar apenas os líderes do motim.

O efeito do rum já passava e um dos marujos acordou e deu o alerta. Alguns tentaram fugir, mas a pontaria do comandante e do imediato foi certeira, matando os dois líderes. Os que restaram renderam-se e pediram misericórdia.

CAPÍTULO 25

A conquista do navio

Depois que amarramos os rebeldes, levei meus três novos hóspedes até a fortaleza. O comandante ficou impressionadíssimo com tudo que eu havia conseguido em duas décadas na ilha, e brindamos ao feliz acaso que nos reuniu.

O comandante, porém, estava pessimista quanto à possibilidade de reaver o navio. A bordo estavam outros vinte e seis marujos que, se regressassem à Inglaterra, certamente seriam mortos por crime de motim e pirataria. Eles se defenderiam com rigor desse destino se tentássemos uma luta direta.

— Além de que, não vendo seus colegas voltarem, é certo que venham em outro bote e, dessa vez, bem armados — lembrei.

A maré trouxera o bote à beira da água. Tiramos de lá o que pudesse ser útil e o inutilizamos. Mal fizemos isso, ouvimos a salva de um canhão. O pessoal de bordo certamente estranhava a demora dos companheiros. Pelo binóculo, vimos outra lancha descer ao mar, com dez homens a bordo.

Esse novo grupo de piratas correu para o primeiro bote, e percebemos seu espanto vendo os estragos e o desaparecimento de colegas e prisioneiros. Foram cautelosamente espalhando-se pela praia e pela mata, gritando o nome dos companheiros.

A noite caiu depressa, e isso os apavorou ainda mais. Vendo que estavam longe da praia, pedi a um de nossos prisioneiros que chamasse pelos colegas:

— Tom Smith! Tom Smith!

— É você, Robert?

— Sim, sou. Estou com nosso comandante, que tem mais de cinquenta homens sob seu comando — mentiu o marujo, sob minhas ordens.

O comandante disse:

— Você reconhece minha voz, Smith. Se concordarem em depor as armas e se renderem, podem conseguir perdão.

— E a quem deveríamos nos render? — perguntou outro marujo.

— Ao governador da ilha, que, como representante de Sua Majestade, julgará o caso como melhor entender.

Sorri ao me ver assim elevado ao pomposo título de "governador". Os homens do mar confabularam entre si, e tanto meu título como a presença daquele improvável exército de cinquenta soldados os levaram a se render.

O comandante então se aproximou dos marujos e explicou o plano que pretendia executar: meu "exército" manteria alguns homens como reféns, e os que prometessem lealdade teriam perdão, desde que lutassem ao lado da lei. Eles voltariam ao navio e falariam com os rebeldes. Quem aceitasse as condições do governador seria perdoado, senão os reféns seriam enforcados na praia.

Eu me mantinha escondido da marujada porque seria ridículo ser visto como "representante do rei" naqueles trajes feitos com pele de cabra e folhas. Mas o comandante de tal modo foi convincente que voltou ao bote com o grupo que lhe prometeu fidelidade.

Era noite alta quando se dirigiram ao navio. Iam bem armados, carregando inclusive meu arsenal. Os de bordo de nada suspeitavam, e quando seus próprios camaradas caíram sobre eles e os desarmaram, restava pouca resistência.

O próprio comandante atacou a cabine, onde o líder rebelde e três companheiros se predispunham a vender caro a própria pele. A porta foi posta abaixo, e os atacantes recebidos a bala. O imediato foi ferido, mas mesmo assim avançou, matando o líder com um tiro à queima-roupa. Feito isso, os outros dois se renderam.

O corpo do líder foi amarrado ao mastro central para que todos percebessem a importância da lealdade ao comando.

CAPÍTULO 26

Ordens do governador

Era impressionante que com tão poucas baixas o comandante tivesse readquirido plenos poderes em seu navio. Mal o dia raiou, ele correu a meu abrigo:

— Senhor governador, senhor governador!

Acorri à porta da fortaleza e pude ver, sob a luz brilhante do sol nascente, aquele lindo navio inglês.

— Ele é todo seu, assim como minha vida e a de quantos homens salvou!

Fiquei absolutamente comovido e tão trêmulo que precisei me sentar. Tinha lágrimas nos olhos. Era impressionante, depois de tantos anos de solidão e esforço, ter diante de mim um navio que poderia me levar a qualquer parte do mundo.

O comandante trouxera presentes e boas roupas, para que me apresentasse dignamente à marujada como "governador". Confesso que achei toda aquela indumentária bastante desconfortável.

— Senhor — disse um dos piratas, quando se viu diante de mim —, nosso comandante disse que mereceríamos perdão se nos entregássemos sem luta.

Fiz um longo comentário sobre o ato terrível que aqueles homens haviam cometido e que, dentre eles, havia assassinos e bandidos que dificilmente escapariam da forca na Inglaterra.

Com isso, o ânimo de muitos deles diminuiu. Eu já fora informado pelo comandante sobre quais homens poderia perdoar e quais eram degenerados incorrigíveis. Dirigi-me aos piores e lhes fiz uma oferta:

— Vocês podem ficar aqui. Não deve tardar um grupo de espanhóis e portugueses que vem da ilha de Trinidad e se propõe a construir um navio. Aí eles decidem se vocês podem seguir a bordo.

Os bandidos aceitaram a proposta.

Levamos ainda alguns dias em preparativos. O comandante precisava acertar providências a bordo e eu quis visitar toda a ilha. Aproveitei para ensinar aos piratas o manejo do moinho e como cuidar do rebanho.

Afinal tudo estava pronto para a partida. Levei meu querido Poll a bordo com o ouro que havia retirado dos naufrágios e as grotescas roupas que me serviram por tanto tempo.

Quando as velas foram içadas, senti uma emoção funda no peito. Vi os morros e as praias distanciando-se cada vez mais, a mata onde construíra minha fortaleza ir escurecendo na névoa, a ilha se tornando um ponto no horizonte. Era uma sensação estranha em meu peito: imensa alegria de voltar para os meus. Imensa tristeza por largar tudo que construíra.

Afinal, eu passara ali vinte e oito anos da minha existência.

CAPÍTULO 27

Um estrangeiro na Europa

Desembarcamos na Inglaterra no dia 11 de junho de 1687. Robinson Crusoé, náufrago por vinte e oito anos, e havia trinta e cinco longe do meu país, sentia-me estrangeiro na própria terra em que nasci.

Meus pais haviam falecido, e os poucos parentes que tinha em Londres mal lembravam meu nome. Se em minha ilha eu era um "governador", na Europa era um homem comum, que precisava de dinheiro para sobreviver.

Portanto, tentei ver como andavam minhas finanças antes de tomar qualquer decisão.

A viúva do comandante inglês com quem fizera a primeira viagem à Guiné ainda vivia, mas num tal estado de pobreza que, ao contrário, fui eu que prometi ajudá-la.

Eu tinha trazido o ouro que encontrara no navio espanhol, mas só com ele não poderia começar um negócio.

Minhas esperanças estavam nas terras que possuía no Brasil. Por isso, mal chegado a Londres, empreendi nova viagem, sempre com Sexta-Feira como meu companheiro e ajudante, para Lisboa.

Aquele capitão português que me salvara da escravidão na ilha de Salé ainda estava vivo, apesar de bem idoso. Quem agora fazia a rota comercial com o Brasil era seu filho. O homem me reconheceu e ficou abismado pelo fato de eu ainda estar vivo e ter sobrevivido a tantas aventuras numa ilha solitária. Narrei com detalhes todas as minhas peripécias e quis saber das propriedades brasileiras.

— Faz nove anos que não mais pisei no Brasil, mas parece que seu sócio ainda vive lá e anda enriquecendo.

Passei alguns meses em Lisboa, cuidando de documentos que comprovassem minha participação nas usinas brasileiras e esperando que os navios que faziam a rota Lisboa-Salvador trouxessem informações sobre os canaviais.

Por fim, recebi as boas-novas de meus sócios brasileiros: remeteram não apenas os lucros de minhas propriedades, como também caixotes de deliciosos doces, peles de animais e cem pequenas moedas de ouro.

Quando encerrei minha temporada lisboeta, despedindo-me comovido de tantos amigos, levava para a Inglaterra a quantia de cinco mil libras, além da confirmação de uma propriedade no Brasil que me daria um lucro de umas mil libras anuais. Enfim, passava da solidão mais absoluta numa ilha deserta à condição de um cavalheiro bem-sucedido. Ao compreender realmente a espantosa reviravolta em minha vida, adoeci.

Foi preciso que chamassem um médico, mas umas boas sangrias me livraram de morrer de alegria — porque de alegria também se pode morrer.

CAPÍTULO 28

Surpresas de Sexta-Feira

Durante essas minhas viagens pela Europa, Sexta-Feira estava sempre em minha companhia. O frio o desconsolava, mas em compensação ele se admirava com as construções e os animais. Há um fato pitoresco que merece ser contado, envolvendo meu amigo e... um urso.

Voltava para Londres, vindo de Lisboa, pela Espanha. Fazia um inverno de frio anormal, e a neve assustava de tal modo Sexta-Feira que precisamos esperar vinte dias para que a nevasca diminuísse e ele aceitasse prosseguir.

Afinal, seguimos viagem por estradas de paisagens belíssimas. Numa tarde em que o sol já caía, o grupo em que viajávamos topou com três lobos e um urso que lutavam entre si. Assustamos os lobos com tiros para o ar, mas o urso não se apavorou. Foi se afastando devagar.

Sexta-Feira disse que em sua terra havia animais parecidos e completou, com um riso alegre:

— Oh, Amo! Amo dar licença Sexta-Feira, fazer rir todos com urso?

— Pare com isso — reclamei. — Ele vai comê-lo.

— Urso não matar Sexta-Feira, mas Sexta-Feira matar urso. Fazer rir com urso.

Mal disse isso, meu amigo selvagem tirou as botas e correu para cima do urso, fazendo caretas e acenos. Como o animal lhe desse as costas e seguisse, bamboleando-se, Sexta-Feira o acertou com uma pedrada. O animal então correu sobre ele.

Armei meu mosquete, e meus companheiros de viagem fizeram o mesmo, mas Sexta-Feira acenou em negativa e seguiu rapidamente para um carvalho. Descalço e ágil como um macaco, trepou no tronco, deixando sua arma ao pé da árvore.

A fera trepou atrás de meu amigo, que seguia até a ponta de um galho mais fino. Quando o urso o seguiu, Sexta-Feira pendurou-se na ponta do galho, gritando:

— Agora ver urso dançar! — E se pôs a balançar o galho.

O animal agarrava-se com força ao tronco, enquanto Sexta-Feira continuava com sua brincadeira. Era realmente divertido.

Afinal, o galho se inclinou de tal modo com o peso do urso que bastou um pequeno salto para que Sexta-Feira viesse ao chão, de onde pegou a arma e acabou com a fera.

— Assim caribes matar ursos — disse Sexta-Feira, rindo. — Mas usar flecha em vez de arma.

Dessa vez foi meu amigo selvagem quem nos surpreendeu com sua esperteza de caçador.

CAPÍTULO 29

O casamento

Estabelecido como um homem de posses, fui a York e procurei por minha irmã viúva, que ali residia com dois filhos. Para os rapazes, acabei por me tornar uma espécie de tio lendário, com minhas aventuras no mar e na ilha. Cheguei a me arrepender por vê-los tão entusiasmados, já que acabava enfatizando as maravilhas e as peripécias e descontava os desconfortos, os terrores e a solidão por que havia passado.

Prometi pagar os estudos dos rapazes, no curso que quisessem fazer. O mais velho sensatamente escolheu a advocacia, mas o mais novo já estava contaminado pelo sabor da aventura. Resolveu que seria marinheiro.

Apesar de meus conselhos em contrário, aceitei o destino. Levei esse sobrinho a Londres e o confiei a um dos melhores mestres do mar.

A vida foi passando com pequenas viagens entre York e Londres, e numa estada londrina, encontrei Isabel, uma moça de ótima família, bela e de gênio calmo e generoso. Apesar de ser um homem maduro, tive a grata surpresa de ser aceito por ela como marido.

Os anos se passaram. Tivemos dois filhos e uma filha e conheci a vida organizada tão elogiada por meu pai, com o carinho de uma esposa e dos filhos, uma casa confortável e um cotidiano tranquilo. Confesso que foram momentos de felicidade, mas muitas vezes, como se tentado pelo demônio, vinham-me terríveis saudades da ilha.

Ficava então melancólico, e narrava em detalhes o cotidiano rude mas livre e selvagem em que vivia naquela ilha tropical; a beleza das tempestades, os horizontes imensos... Ou então descrevia o sol radiante do Brasil, com os canaviais estendendo-se por quilômetros, e a beleza da baía de Todos os Santos.

Certa vez, minha esposa aproximou-se com carinho e perguntou, com certa ironia:

— Por que você não organiza na Inglaterra uma segunda ilha? Quem sabe, poderíamos trabalhar nessas terras algo de que você tanto gostava? Poderíamos fazer isso no campo.

A ideia agradou-me, e compramos uma propriedade rural em Bedford.

CAPÍTULO 30

O fazendeiro

Meus filhos se adaptaram bem à vida no campo. Comprei bois e cavalos, semeei a terra e, mesmo tendo dinheiro para ser um gentil-homem[15], dediquei-me à terra como se dali carecesse tirar o pão de cada dia. Era uma vida saudável, e mesmo contando com empregados, preferia eu mesmo cuidar das tarefas mais pesadas.

O resultado foi que nossa fazenda progrediu muito nos anos seguintes. Nossos filhos cresciam sadios e fortes, e a vida era boa.

Certo dia, meu sobrinho mais novo apareceu na fazenda. Era agora um imediato e pretendia comprar parte de um navio, para conseguir bons negócios. Eu prometi ajudá-lo financeiramente, e passamos longas horas conversando sobre viagens e coisas do mar.

Quando meu sobrinho partiu, Isabel disse:

— Vejo que você está completamente curado.

Disse isso porque, durante as horas que passei conversando com meu sobrinho, em nenhum momento recordei de aventuras ou mencionei a ilha. Nosso assunto marítimo fora discutido com a mesma emoção desapaixonada com que falaríamos de plantações ou de negócios de comércio.

[15] Homem nobre de nascimento; fidalgo.

Nossos filhos estavam crescidos, e era necessário cuidar da educação deles. Os meninos foram estudar em Londres, e contratamos os melhores professores para nossa filha.

Como nem tudo o que é bom dura para sempre, minha querida Isabel adoeceu, de um mal desconhecido que em oito dias a levou à sepultura.

Ah, como sofri! Aquela doce mulher havia me trazido as alegrias do lar inglês, dera-me filhos e, de um momento para outro, deixou minha vida sem sentido e sem nenhuma alegria.

CAPÍTULO 31

Outra viagem?

Os primeiros tempos de viuvez foram inquietos e infelizes. Vivia de recordações, e muitas vezes adormecia pensando nos amigos que fizera nas viagens, nas paisagens de minha ilha, no sol tropical.

Certo dia, meu sobrinho navegante convidou-me para uma conversa. Era agora comandante de um belo navio em sociedade com uns espanhóis, e sua rota passaria pelo Brasil, pelas Índias Orientais e pela China. Em cada escala trocariam produtos espanhóis por especiarias.

— Como sua ilha está no caminho, tio, que tal uma parada por lá? — disse ele e sorriu.

— Que ideia de demônio é essa? — reagi. — Quem lhe pôs isso na cabeça?

— Ninguém e todo mundo — ele disse. — Todos os que lhe querem bem e percebem que o senhor não está feliz aqui.

E nisso ele tinha razão. Depois de tantas aventuras e da viuvez, nada me parecia empecilho para uma volta ao mar. Era um homem de sessenta anos agora, mas me sentia robusto e saudável. Por que não acompanhar meu sobrinho em sua viagem?

Fiz o testamento e deixei meus filhos em boas condições financeiras. Depois, consegui com o governo os poderes legais para colonizar minha ilha, de modo a fazê-la parte da civilização e do império inglês. Desespero agora poderia ser uma terra de paz e trabalho.

CAPÍTULO 32

Rumo à ilha

Sexta-Feira não cabia em si de contente por voltar à nossa ilha. Era agora um homem maduro e não mais o rapaz que eu havia salvado de morrer nas mãos dos canibais, mas continuava esbelto e forte.

Tudo quanto era necessário para transformar a ilha numa colônia tinha sido planejado e estava a bordo: desde profissionais especializados, como alfaiate, carpinteiro, ferreiro, operários e lavradores, até sementes variadas e exemplares de gado bovino e ovino. Ferramentas para quaisquer tarefas. E um belo arsenal, de modo a deixar minha ilha em condições de se defender de qualquer ataque.

Claro que todos esses bens vieram de meu próprio bolso, mas não lamentei nem sequer um centavo, em benefício daquela terra que amava mais que minha própria pátria.

O mar é uma longa estrada, onde acontecem as coisas mais estranhas, segundo os desígnios divinos.

Uma noite em que o mar estava agitado e o vento soprava forte, ouvimos um tiro de canhão. Corremos todos ao convés e ouvimos uma terrível explosão, seguida de uma luz forte, indicando que a embarcação pegara fogo.

Disparamos vários tiros de canhão, para orientar algum bote de náufragos, e acendemos todas as luzes a bordo.

Ao nascer do dia, localizamos duas lanchas repletas de gente. Não só com marujos, mas passageiros, mulheres, crianças e dois padres.

Era um navio francês, e o fogo começara por causa de um acidente no porão. Felizmente, houve tempo de todos subirem nos botes e ninguém morreu.

Navegamos durante alguns dias até desembarcarmos os náufragos na costa do Canadá, de onde poderiam voltar em algum navio para a França.

Durante o tempo em que ficaram a bordo, contei minha aventura e impressionei muito ao padre mais jovem. Acreditando que seu naufrágio era uma provação divina, esse jovem sacerdote pediu para me acompanhar até a ilha. Queria estabelecer-se lá. Quatro marinheiros também o seguiram. Nossa colônia crescia antes mesmo de chegarmos a Desespero.

CAPÍTULO 33

A ilha, enfim

[16] O rio Orinoco é um dos principais rios da América do Sul e tem a terceira maior bacia hidrográfica do continente. É o principal rio da Venezuela e percorre quatro quintos do território do país. Além da Venezuela, a bacia do Orinoco abrange um quarto do território da Colômbia e também forma o Amazonas, no Brasil.

O navio chegou à foz do rio Orinoco[16] no começo de abril de 1695. Estávamos próximos da minha ilha, bastava que tivéssemos paciência para localizá-la, entre tantas que existem no Caribe.

Dias depois, atingimos uma ilha pela extremidade sul.

— Está reconhecendo isto? — perguntei a Sexta-Feira, que estava a meu lado.

— Sim, Amo, sim! Ali fortaleza de Amo! — disse ele, radiante de felicidade, reconhecendo nossa paisagem querida.

Quando o navio jogou âncora, meus olhos estavam rasos de água. Meu sobrinho me abraçou e perguntou:

— Está feliz agora, meu tio?

Usei o binóculo e vi um grupo de uns dez homens no morro. Pareciam europeus. Demos um tiro de canhão como reconhecimento e içamos a bandeira inglesa.

Logo, várias lanchas eram descidas. Fiz questão de ser o primeiro a colocar o pé em terra. Reconheci o espanhol meu amigo, aquele que viajara com o pai de Sexta-Feira para Trinidad, à frente dos homens.

— Lope, não se lembra de mim? Sou eu, Robinson Crusoé...

Achei que meu espanhol estava muito mal falado, mas ele se recompôs e, abraçando-me, disse:

— Como não reconhecer o homem que me tirou das garras da morte? — E apresentando-me aos outros: — Este é Robinson Crusoé, a quem devemos tanto nesta ilha.

Estávamos nos cumprimentando ainda quando vi Sexta-Feira disparar a correr e jogar-se nos braços de um ancião. Era seu velho pai, que também se mostrou muito comovido com o reencontro.

— Pensou que nunca mais nos veríamos? — perguntei ao espanhol.

— Quando aqui chegamos e soubemos de sua partida, confesso que desanimei. Mas sempre tive fé em que um dia voltaria — ele respondeu.

Lope nos conduziu para a antiga fortaleza e vi que muitas modificações haviam sido feitas. Aos poucos, foram chegando mais e mais pessoas, que faziam parte do grupo ibérico de Lope. Também surgiram alguns nativos, que me trataram como a um deus. Surpreso, perguntei ao espanhol:

— Mas quantas pessoas há na ilha?

— Há sessenta caribes, além dos cinco ingleses, catorze espanhóis e portugueses. Se quiserem ouvir, conto-lhes a história da ilha desde que você partiu.

CAPÍTULO 34

Tempos de dominação

Foi uma história de luta e de desacordo, no início.

Dos cinco piratas ingleses que ficaram na ilha, Atkins revelou-se logo o líder e o mais rebelde. Quando o grupo de espanhóis chegou, trazido pelo pai de Sexta-Feira, não encontrou um pessoal muito disposto a colaborar.

Enquanto os espanhóis plantavam e cuidavam do gado, os ingleses preferiam caçar papagaios e nadar, como se estivessem de férias. Foi preciso que Lope usasse de toda a sua autoridade para que o grupo entendesse que quem não trabalhava não comia.

Afinal, dois ingleses aceitaram as ordens do espanhol. Atkins e outros dois marujos preferiram pegar uma canoa e armas e tentar a sorte no mar, na outra ilha.

Decorrido mais de um mês a embarcação voltou. Atkins e seus dois companheiros traziam alguns selvagens com eles.

— Não há continente por perto, só ilhas — explicou Atkins. — Fomos recebidos numa delas como deuses, e os indígenas nos deram seus prisioneiros, acho que para que os comêssemos. Então preferimos voltar para cá. Se nos aceitarem de volta, aqui ficaremos, e nossos escravos trabalharão para nós.

Lope ficou irritado com esse retorno, mas foi conferir os prisioneiros. Eram três homens jovens e cinco mulheres. Os infelizes pensavam que iam ser comidos e estavam apavorados. Afinal, uma das moças conseguiu se comunicar com o pai de Sexta-Feira. Depois, explicou ao grupo que estavam a salvo, desde que trabalhassem para os ingleses. Entre a morte e o trabalho, os nativos optaram pela servidão.

— Assim começou a colônia — disse Lope a nosso atento grupo de ouvintes. — Tratei de tomar boas medidas para que a presença das mulheres não causasse problemas. Porque logo teríamos problemas bem maiores com os canibais...

CAPÍTULO 35

Tempos de luta

Atkins podia ser rebelde e preguiçoso no trabalho, mas se revelou um guerreiro corajoso quando se precisou dele. E logo os ilhéus precisaram muito de ajuda.

Certa manhã apareceu um grupo de sessenta caribes, em seis pirogas, todos bem armados e prontos para guerrear.

Os europeus contavam com a ajuda dos caribes trazidos por Atkins, dispostos a lutar ao lado de seus amos. Esconderam as mulheres na mata e prepararam-se para a batalha. Estavam em minoria, mas não se renderiam facilmente.

Os canibais dividiram-se em grupos de três e quatro e começaram a cercar a fortaleza, de vários lados. Vinham de lança em riste, e o primeiro grupo recebeu a carga de artilharia, caindo morto. Os demais cercaram seus colegas, completamente surpresos de ver como eles poderiam morrer daquele jeito. Era tamanha ingenuidade que dois ingleses quase sentiram remorso em atirar novamente.

Foi dada nova carga de artilharia, e mais cinco caribes caíram. Gritos de pavor espalharam-se pela ilha.

Vendo que os caribes pararam a aproximação, dois ingleses resolveram poupar munição e saíram da paliçada para terminar de matar os feridos a golpes de coronhada. Assim o fizeram, mas, para sua surpresa, um dos canibais estava ileso e se pôs de joelhos, implorando misericórdia. Foi amarrado e levado para a fortaleza.

A luta durou várias horas, mas o ânimo dos canibais não era dos melhores diante de armas tão poderosas. Muitos se renderam e, vendo que entre os europeus havia mulheres e outros nativos, aceitaram morar na ilha.

Lope ainda enfrentou outro ataque de caribes, mas dessa vez estavam bem prevenidos e contavam com nativos para ajudá-los.

— Hoje há um grupo de sessenta caribes vivendo no extremo da ilha — concluiu Lope. — São ótimos artesãos e bons vizinhos.

E foi assim que o espanhol terminou o relato daqueles dez últimos anos.

CAPÍTULO 36

O governador Lope

Depois de ouvir aquela história de luta e coragem, levantei-me e coloquei as mãos sobre os ombros do espanhol:

— Não me estranha que um país que conta com homens como o senhor leve seus domínios e a civilização para toda a parte.

— O início desta obra é sua, de um inglês! — completou Lope, comovido.

Estava muito curioso em ver com meus próprios olhos todas as transformações ocorridas na ilha. Enquanto caminhávamos, perguntei:

— E afinal, como se comporta hoje esse Atkins?

— Quando acabou a guerra com os índios, tive medo de que ele voltasse a aprontar das suas. Mas Deus lhe mandou um filho, e hoje ele é um ótimo pai de família, com três crianças. E se revelou um excelente ferreiro, muito útil a todos nós.

O jovem padre, que nos acompanhava, mostrou em seu rosto tal preocupação ao ouvir falar de bastardos e união sem casamento que não deixei de sorrir.

Logo chegávamos a um grupo de casas, que Lope denominava "vila inglesa". Fomos recebidos por um grupo alegre de crianças mestiças, que se comunicavam com Lope usando palavras espanholas, caribes e inglesas.

O rosto do padre foi ficando cada vez mais preocupado.

Alcançamos a casa de Atkins. Ele mesmo me recebeu à porta, estendendo-me a mão:

— Ora, se não é o Senhor Crusoé!

O velho pirata era mesmo outro homem. Calmo e sorridente, apresentou-me uma moça indígena e, pelo que pude perceber, Atkins ficara com a mais bela das nativas para si.

CAPÍTULO 37

Um padre na ilha

No dia seguinte fizemos um grande banquete, que reuniu europeus, nativos e crianças mestiças. Quando viram boas bebidas, aqueles homens deram vivas de alegria, pois havia anos não tomavam nada. Trouxemos também várias iguarias de que eles sentiam saudades, além de roupas da terra, para que todos se vestissem civilizadamente.

No dia seguinte, começaram a descarregar o navio. Lope estava radiante com todos os bens que havíamos trazido para maior conforto da colônia. O padre se propôs a legalizar a situação de Atkins e dos outros europeus que viviam em pecado com as nativas, e nos dias que se seguiram foi uma profusão de casamentos e batizados.

Não me surpreendi que outros marujos também quisessem ficar. Meu sobrinho não se opôs. Permanecemos durante um mês na ilha, e nosso destino seguinte era o Brasil.

Lope pediu que procurássemos por oito mulheres, europeias ou mestiças, que aceitassem se casar com os espanhóis solteiros. Prometi que tentaria arrumar-lhes esposas em terras brasileiras.

O padre pediu que eu lhe deixasse Sexta-Feira, já que ele falava bem o inglês e os idiomas nativos. Dessa vez neguei o pedido, pois de intérprete já havia o pai de Sexta-Feira, e não conseguiria me afastar de meu bom amigo.

Numa manhã de brisa favorável, despedimo-nos de todos, rumo ao Brasil.

CAPÍTULO 38

A morte de Sexta-Feira

Depois de três dias de viagem, nosso navio pegou calmaria. Ficamos em constante vigília, temendo que o navio fosse bater de encontro à costa.

No quarto dia, uma centena de canoas vieram das praias, rapidamente navegando em nossa direção. Pareciam índios hostis, e nada pudemos fazer senão preparar a artilharia e esperar.

Rapidamente, as canoas cercaram nosso navio. Tentamos nos comunicar com eles, mas fomos recebidos por uma nuvem de flechas, que feriu alguns marujos.

Meu sobrinho mandou que imediatamente revidássemos com tiros de mosquete. O estrondo das armas causou pânico entre os selvagens, e achei que era o momento oportuno de explicar-lhes que nos deixassem partir em paz, que nada queríamos com eles. Só pretendíamos seguir viagem.

Subi com Sexta-Feira ao castelo de proa, pedi que ele fosse nosso intérprete.

Não sei o que meu amigo disse, mas houve um instante de silêncio. Ele continuou a falar e não veio resposta por parte dos selvagens. Um homem, com jeito de líder da tribo, aproximou-se de nosso navio. Pensei que assim ele pretendia um comunicado de paz, mas de repente, ouvi o silvo das flechas:

— Amo, cuidado! — gritou Sexta-Feira, empurrando-me.

Foi o tempo de três flechas cravarem-se na madeira no exato lugar onde eu estava parado antes. Sexta-Feira caiu do meu lado, ferido. Duas flechas o haviam acertado, perfurando seu peito e saindo-lhe pelas costas.

— Sexta-Feira! Não morra! — eu gritei, amparando-o, ainda a tempo de ver seus olhos ficarem enevoados pela morte e receber seu último suspiro.

Morria meu grande amigo, uma morte gloriosa e expressão da maior fidelidade que um homem pode ter por outro.

Imediatamente, meu sobrinho revidou aquele ataque covarde mandando que toda a tripulação disparasse sem piedade sobre os indígenas. Tive o prazer de ver a canoa dos que tinham matado Sexta-Feira ser estilhaçada por um tiro de canhão. Outras quinze pirogas foram atingidas pelas balas, e uma confusão terrível se armou no mar à nossa volta.

Novos tiros e novas canoas foram despedaçadas. O mar ficava rubro de sangue ao nosso redor. Afinal, entre gritos e gemidos, as canoas restantes se puseram em fuga. Logo eram pontos perdidos no horizonte.

Voltei-me para o cadáver de meu amigo e chorei. Havia feridos entre os nossos, mas nossa única baixa tinha sido ele, meu fiel Sexta-Feira.

Ele mereceu um funeral digno de um fidalgo inglês. Colocamos seu corpo sobre um estrado e o cobrimos com a bandeira inglesa. Depois toda a tripulação perfilou-se e rezamos por sua alma. Quando o estrado deslizou para o mar, onde ficaria para sempre sepultado, disparamos onze salvas de tiros em sua homenagem. Para muitos, pode parecer um exagero tantas pompas para o funeral de um simples caribe, mas era o mínimo que poderia fazer por um ser humano que possuía tantas virtudes e coragem.

CAPÍTULO 39

O fim da viagem

Durante muitos dias fiquei tomado por uma tristeza profunda. A imagem de Sexta-Feira rondava meus pensamentos, recordava-me dele em muitos momentos de nossa vida em comum: nas tarefas na ilha; nas lutas contra os canibais; em sua surpreendente e infantil alegria durante a estadia europeia.

Também me sentia culpado por sua morte: se tivesse atendido ao pedido do padre francês e deixado Sexta-Feira como intérprete, quem sabe ele ainda não estaria vivo, ao lado do pai, na ilha?

Afinal, conformei-me. A viagem tinha de prosseguir. O navio comandado por meu sobrinho afinal chegou à baía de Todos os Santos, e procurei por meus amigos usineiros.

Foi um tempo de recordações e fraternidade. Reencontrei muitos brasileiros que tinha conhecido havia três décadas; era surpreendente ver como o tempo podia ter nos marcado.

Cumpri a promessa feita a Lope: achamos um navio em condições de navegar, e apesar de na América as mulheres serem raras, consegui reunir uma espanhola, duas portuguesas e cinco mestiças jovens e robustas dispostas a serem boas esposas de meus amigos da ilha.

Ainda segui viagem para o Oriente com meu sobrinho, que negociou com comerciantes hindus e chineses, e mesmo enfrentando contratempos, conseguiu bom lucro.

Sou hoje um homem de mais de setenta anos e aqui encerro minhas memórias. Depois de uma vida tão rica em peripécias e aprendizados, espero apenas que o bom Deus venha me buscar em paz, gozando do conforto da família e de minhas recordações.

Meus dois filhos são belos rapazes, que nada herdaram do espírito aventuroso do pai e preferem uma vida cavalheiresca na melhor sociedade de Londres.

Isabel, minha filha, é o retrato vivo da mãe, uma moça formosa, de boa índole.

Quanto à minha ilha, fui recentemente informado de que hoje é povoada por inúmeros colonos e mantém um serviço anual de contato com o Brasil.

Agora só me resta aproveitar os últimos dias em paz e sossego, preparando-me para a última viagem: aquela que não tem volta.

UM RET
SOLIT

A solidão é um dos sentimentos mais assustadores para muitas pessoas. Talvez por isso a ideia de um náufrago que passa mais de duas décadas sozinho numa ilha — e sobrevive com dignidade — seja uma fantasia maravilhosa para todos nós, pois nos reconforta desse medo.

Há dois momentos marcantes em *Robinson Crusoé*, e confesso que prefiro o primeiro: a estadia solitária de Robinson, encontrando forças em si mesmo para não só sobreviver, mas edificar uma vida saudável, com conforto, fé e coragem. E outro momento, quando a personagem revela seu lado de colonizador típico do século XVII e crê que Deus pôs o mundo a serviço desse homem branco europeu.

Seja visto como o retrato solitário do homem que reúne forças para superar a si mesmo e à natureza, seja como um fascinante exemplo da mentalidade de uma época, *Robinson Crusoé* é um dos mais importantes livros da literatura mundial e merece ser conhecido por todos.

Marcia Kupstas

QUEM É MARCIA KUPSTAS

Marcia Kupstas, nascida e residente em São Paulo, formou-se em Letras pela Faculdade de Filosofia, Letras e Ciências Humanas da Universidade de São Paulo. Sempre colaborou em suplementos literários e revistas destinadas ao público adulto e jovem. Ao mesmo tempo, é mãe de Ígor e companheira de Edu, com quem divide suas criações, por quem é elogiada e criticada. Pai e filho são seus primeiros leitores críticos. Ela diz que sempre gostou de ler e de escrever. Aos quinze anos, mandava seus contos para concursos. Ganhou vários prêmios. Enfim, como em todo ofício, batalhou muito para se consolidar na carreira de escritora. Sobre o ato de escrever, Marcia diz que "representa uma necessidade orgânica tão intensa quanto a de comer, respirar, amar". Enfatiza que "ao mesmo tempo que escrever representa prazer pessoal, também é um trabalho, um árduo trabalho de criação", e como profissional da palavra leva muito a sério a profissão.

QUEM É PEDRO COBIACO

Pedro Cobiaco é um quadrinista brasileiro e filho do também quadrinista Fabio Cobiaco. Em 2010, com apenas 14 anos, começou a publicar tiras semanais para o suplemento infantil do jornal *Folha de S.Paulo*. Em 2013, lançou de forma independente sua primeira graphic novel, *Harmatã*, republicada no ano seguinte pela Editora Mino. Em 2014, ganhou o 26º Troféu HQ Mix na categoria "Novo talento (roteirista)". Em 2015 lançou, também pela Editora Mino, a graphic novel *Aventuras na Ilha do Tesouro*, que no mesmo ano venceu o prêmio especializado de imprensa Grampo de Ouro, do site Vitralizado, como "Melhor Quadrinho Brasileiro". Em 2016 lança *Cais*, quadrinho com roteiro de Janaína de Luna. Em 2017, é um dos brasileiros convidados para o Festival de Banda Desenhada de Beja, em Portugal, onde a edição portuguesa de *Aventuras na Ilha do Tesouro* é anunciada e lançada.

Créditos das imagens, da esquerda para a direita, de cima para baixo:
p. 14, retrato de Daniel Defoe, Georgios Kollidas/Shutterstock.com; **p. 15,** foto do prédio onde funcionava a Academia para dissidentes de Newington Green, © David Anstiss/cc-by-sa /2.0; **p. 16,** procissão na véspera da coroação de Carlos II, Londres, 1661, Print Collector/Hulton Fine Art Collection/Getty Images; retrato do rei Carlos I, Georgios Kollidas/Shutterstock.com; **p. 17,** retrato de Oliver Cromwell por Samuel Cooper, Museum of Fine Arts, Houston, Texas, EUA; **p. 18,** imagem da edição original de *Robinson Crusoé*, The Archives of Digital Defoe; retrato de Jean-Jacques Rousseau, GL Archive/Alamy/ Fotoarena; busto do autor Laurence Sterne, Metropolitan Museum of Art, New York, NY; **p. 19,** James Joyce, Culture Club/ Hulton Archive/Getty Images; cartaz do filme *Aventuras de Robinson Crusoé* (1954), Everett/Fotoarena; **p. 20,** cartaz do filme *Robinson Crusoé em Marte* (1964), Byron Haskin Aubrey Schenck Productions, Inc., EUA,1964; **p. 22,** cena do fime *Náufrago* (2000), Dreamworks Pictures/Twentieth Century Fox/Album /Fotoarena; representação de Alexander Selkirk, The Holbarn Archive/Leemage/Bridgeman/Fotoarena.

SUPLEMENTO DE LEITURA

DANIEL DEFOE
ROBINSON CRUSOÉ

tradução e adaptação
Marcia Kupstas

Nome do aluno: _____
_____ Ano: _____
Nome da escola: _____

1. Luiz Antonio Aguiar, em "A chave para descobrir os clássicos", afirma que "muita gente poderia dizer que *Robinson Crusoé* não apresenta elementos dramáticos para os dias de hoje, pois dispomos de diversos recursos para evitar que esse tipo de situação aconteça". Após concluir a leitura do romance, você concorda com essa opinião? Justifique sua resposta com elementos do texto.

_____
_____
_____
_____

2. Associe cada fala ao personagem correspondente.

- **A** "Se esta doença me causar a morte, que será de minha alma?"
- **B** "Sim, sim, comer todos os prisioneiros! Eu comer um, dois, três..."
- **C** "Como não reconhecer o homem que me tirou das garras da morte?"
- **D** "Vejo que você está completamente curado."

☐ Lope
☐ Isabel
☐ Robinson Crusoé
☐ Sexta-Feira

---

8. Assinale **V** nas afirmativas verdadeiras e **F** nas falsas.

☐ Robinson partiu em viagem com o consentimento dos pais, que foram se despedir dele no convés do navio.

☐ Robinson retirou do navio naufragado tudo o que poderia lhe ser útil antes de a embarcação desaparecer após um terrível furacão.

☐ Após o naufrágio, Robinson e outros sobreviventes logo foram resgatados por um navio italiano.

☐ Robinson ocupava o seu tempo na ilha colhendo flores e tocando violão.

☐ Com o material de escrita de que dispunha, Robinson elaborou uma lista de males e bens e registrou as suas memórias.

9. "Desembarcamos na Inglaterra no dia 11 de junho de 1687. Robinson Crusoé, náufrago por vinte e oito anos, e havia trinta e cinco longe do meu país, sentia-me estrangeiro na própria terra em que nasci." Explique esse sentimento de Robinson em relação à sua terra natal.

_____
_____
_____
_____

10. Qual dos ditados populares a seguir melhor descreve a aventura de Robinson como náufrago? Justifique.

☐ Onde há fumaça há fogo.
☐ Casa de ferreiro, espeto de pau.
☐ Quem espera sempre alcança.
☐ Quem nunca comeu melado, quando come, se lambuza.
☐ A voz do povo é a voz de Deus.

_____

Elaboração: Emerson Tin

3. "Passar de próspero comerciante a escravo foi um duro golpe em meu orgulho e em meu espírito. 'Parece que os pressentimentos de meu pai se cumpriram depressa demais!', pensava, com tristeza."

a) A que pressentimentos Robinson se referia?
_____
_____
_____

b) Como Robinson se tornou escravo?
_____
_____
_____

c) Robinson escapou da escravidão? Em caso afirmativo, como isso aconteceu?
_____
_____
_____

4. "Nada mais fiz do que aquilo que você faria em meu lugar. Além disso, minha rota é para o Brasil, bem distante da sua Inglaterra. Chegando lá, poderá vender seus bens e comprar uma passagem para sua terra", disse o capitão do navio português. Ao chegar ao Brasil, o que fez Robinson? Vendeu seus bens e comprou uma passagem para a Inglaterra, como sugeriu o capitão? Explique.
_____
_____
_____
_____

5. "Não há nenhuma situação, por pior que seja, que não tenha seu lado bom."

a) Como Robinson chegou a essa conclusão?
_____
_____

b) Você concorda com essa afirmação? Justifique sua resposta.
_____
_____
_____

6. Resolva as palavras cruzadas, descubra o nome do personagem que está em destaque e explique o seu papel na história.

❶ A capital da Inglaterra.
❷ Daniel ..., autor de *Robinson Crusoé*.
❸ O nome com que Robinson Crusoé batizou a ilha que habitou durante mais de 20 anos.
❹ A grande companhia de Robinson Crusoé em parte de seus anos de isolamento.

_____
_____
_____

7. O capítulo 16 intitula-se "Uma visão macabra". Explique o título desse capítulo.
_____
_____
_____